ERA OUTRA VEZ

LIVIA GARCIA-ROZA

Era outra vez

Contos

2ª *edição*

COMPANHIA DAS LETRAS

Grafia atualizada segundo o Acordo Ortográfico da Língua Portuguesa de 1990, que entrou em vigor no Brasil em 2009.

Capa
Rita da Costa Aguiar

Foto de capa
M. Lema/ Zefa/ Corbis/ LatinStock

Preparação
Maria Cecília Caropreso

Revisão
Roberta Vaiano
Marise S. Leal

Os personagens e as situações desta obra são reais apenas no universo da ficção; não se referem a pessoas e fatos concretos, e não emitem opinião sobre eles.

Dados Internacionais de Catalogação na Publicação (CIP)
(Câmara Brasileira do Livro, SP, Brasil)

Garcia-Roza, Livia
Era outra vez : contos / Livia Garcia-Roza. — 1ª ed. —
São Paulo : Companhia das Letras, 2009.

ISBN 978-85-359-1374-3

1. Contos brasileiros I. Título.

08-11202 CDD-869.93

Índice para catálogo sistemático:
1. Contos : Literatura brasileira 869.93

EDITORA SCHWARCZ S.A.
Rua Bandeira Paulista 702 cj. 32
04532-002 — São Paulo — SP
Telefone: (11) 3707-3500
www.companhiadasletras.com.br
www.blogdacompanhia.com.br
facebook.com/companhiadasletras
instagram.com/companhiadasletras
twitter.com/cialetras

Para Laís

Sumário

Mamãe fantasma, 9
A bruxa, 13
O lobo mau, 17
A mãe de Chapeuzinho Vermelho, 23
Os três mosqueteiros, 27
João e Maria, 33
A cigarra e a formiga, 41
O gato de botas, 47
A pequena sereia, 55
Os três porquinhos, 63
A tartaruga e a lebre, 69
Os sete anões, 75
O espelho, 81
Sherazade, 87

Mamãe fantasma

Era noite escura quando uma claridade leitosa iluminou as sombras do palco: Pluft. Era você, meu fantasminha! Nessa noite, de névoas passadas, eu tricotava uma manta, sentada na cadeira de balanço, quando ouvi sua voz dizendo que tinha medo de gente. Mas que fantasma era esse que me aparecia?... Claro que eu sabia que estava grávida, fantasmas engravidam à toa, basta nos cruzarmos no espaço. Tudo aconteceu porque naquela época eu vivia me perdendo pelos ares, esvoaçante, vendo fantasma por todo lado. Mas eu falava do seu nascimento. Foi desse jeito, numa balançada confusa, envolta em ternura e lã, que me tornei sua mãe. Você era um fantasma tão bonitinho, Pluft... Um pequeno movimento de alegria. Passada a confusão inicial, voltei ao tricô, enquanto você esvoaçava ao redor, conhecendo o velho sótão recheado de recordações, entre elas um cobiçado tesouro. Enquanto você ia e vinha de um canto a outro, nos primeiros espantos, tio Gerúndio, um fantasma dormindo, levantou a tampa da arca, constatando a sua chegada.

Em seguida, voltou a desaparecer, porque velhos fantasmas não gostam de ser importunados. E sabe que você se surpreendeu com a figura dele, se espreguiçando, todo esfiapado?... Com o tempo esfiapamos, meu filho, é bom que você se acostume; Gerúndio já deve ter uns bons séculos. Então precisei largar o tricô por instantes para contar sobre a vida cheia de sustos do seu tio.

E assim transcorria a nossa vida alada, na santa paz dos fantasmas, dentro do velho sótão, quando, numa tarde em que não esperávamos ninguém, porque não é comum recebermos visitas, surgiu um pirata caolho com uma perna de pau, trazendo com ele uma menina amordaçada: Maribel — que estava sendo raptada! E tudo por causa do maldito tesouro! Mas você não estava preocupado com nada disso, porque, instantaneamente, o mel dos olhos da menina lambuzaram os seus. Daquele dia em diante você perdeu o medo de gente, e só queria estar ao lado dela. Encantadora, por sinal. O pirata Perna de Pau, depois de procurar o tesouro por todos os cantos do sótão e de vociferar ameaças, foi embora deixando a menina para trás. Dias depois, numa tarde que você e Maribel conversavam, sentados no baú de tio Gerúndio, ouviu-se uma cantoria. Mais visitas? Quem seria? Você foi levitar junto à janela e, olhando lá para baixo, anunciou que três marinheiros caminhavam em direção ao nosso sótão. E assim conhecemos os amigos de Maribel: João, Julião e Sebastião, que chegaram bebendo e cantando, dizendo terem vindo para salvá-la, mas, quando lhes contei sobre o Perna de Pau, saíram acelerados atrás dele. A partir desse dia, embora estivesse feliz com a presença de Maribel, você começou a sofrer, meu filho, porque queria ir para o mundo na companhia dela. Era só com o que você sonhava: se casar com ela. Eu dizia que fantasmas não se casam, porque se encontram numa rapidez de raio, e a isso chamamos amor, a esse contato etéreo e fugaz, mas você não se conformava. Eu tentava argumentar dizendo que morávamos em vãos, pendurados em lustres, dentro de armários e arcas, em sótãos, sabe por quê, Pluft? Porque somos fluidos, maleáveis, dispensamos a fixidez dos lugares... Somos da natureza do vapor, portanto nossa dimensão é infinita... Por que esses olhos tão grandes, meu filho? Desculpe, acho que falei de um jeito que você pode não entender. Você ainda é jovem para certas considerações. Enfim, o fato é que não adiantava conversar, você não queria saber de explicações, escapava pelas frestas, descontrolado. Quando eu, a fantasma sua mãe, podia imaginar que ia passar pelas suas névoas querer se casar com gente, Pluft? Você que não se atrapalha, que atravessa as coisas com facilidade, não iria transpor esse obstáculo? Ora! Sabe, meu filho, o que significa ir para o mundo? Lidar com gente? Perder seu lugar no espaço? Saiba, filho meu, que, antes de mais nada, não somos vistos, ninguém se dá conta da nossa existência, e se isso por ventura vier a acontecer, as pessoas fogem aterrorizadas, querendo nos ver à distância. Já se deu conta disso? Que somos invisíveis?, quer dizer, para os bobos. E eles são muitos... Depois, pode parecer menos importante, mas não há ser humano que saiba fazer pastel de vento. Como você irá se alimentar? Pensou nisso? Pois então, ponha suas névoas pra flutuar, deixe-as vagando por um bom tempo e não se esqueça de conversar com tio Gerúndio. Como fantasma experiente, ele deve ter boas coisas pra te assustar. Aqui, Pluft, é o nosso refúgio, porque em qualquer outro lugar somos inexistentes; na verdade, moramos em nós mesmos, somos o nosso próprio esconderijo. Pertencemos ao museu das velharias da imaginação humana. Mas você ainda é muito jovem para saber que ser fantasma é melhor do que ser gente. Ah, não sei se já lhe contei que os fantasmas crescem, e como crescem, e são indestrutíveis! Além do mais, somos os donos do vazio! Temos todo ele a nosso dispor. Já pensou nisso? Logo, a primeira lição que nós, fantasmas, precisamos aprender é existirmos por conta própria, não importa se somos vistos ou não; portanto, é inútil correr atrás de visibilidade! Aceitar essa condição é sinal de que nos tornamos fantasmas adultos. É o que eu desejo a você, Pluft, do fundo do meu doloroso espectro. E isso é difícil, mesmo para uma mãe fantasma. Você pode se chatear com esta conversa toda, porque ainda é um fantaslescente, mas em breve, tenho certeza, se tornará um grande fantasma. O Fantasma da Ópera, quem sabe?... Bem, em pouco tempo os marinheiros amigos de Maribel vêm buscá-la; enquanto isso, vá levitar, meu filho, flutue por aí afora. Deixe que suas névoas aflorem e lembre-se do que conversamos: você não a fará feliz, será sempre uma sombra ao lado dela. É o que somos, filho, uma visão. Uma assombrosa visão. E foi isso o que a entusiasmou. Encantou-se com sua transparência luminosa. Meninas correm atrás de ilusões. Meninos também. Depois se cansam e partem em busca de uma nova ilusão. Será que fui oculta o suficiente, Pluft? Onde você está? Já foi, não é?... E eu aqui esse tempo todo, falando sozinha com o meu fantasma...

A bruxa

— Estou com medo, mamãe...

— Do que você está com medo, filha? Vem cá, deita aqui na cama com seu ursinho, vem... Cuidado pra não escorregar, lembra que você está de meia... Está com medo de quê? Diz, meu bem...

— Da bruxa. Ela quer me pegar.

— Chega pra lá, Arnaldo.

— Pra lá pra onde?

— Hein, filha? Conta pra mamãe como é a bruxa.

— Feia. Ela disse que vai me prender e riu, com um dente só.

— A bruxa disse que ia te prender?

— Disse, lá em cima da torre.

— Da torre?

— Espera, Arnaldo. E aí, filha, o que mais ela disse?

— Que ninguém nunca mais ia me ver, só ela e o corvo. O que é o corvo?

— Corvo é um pássaro muito feio. Mas por que você acha que a bruxa ia fazer isso com você?

— Porque ela disse que eu sou uma menina muito bonita e ela quer me levar pra casa dela.

— Quero dormir, Valéria. Dá pra vocês terminarem amanhã?

— Está na hora, filha, vamos dormir; papai e mamãe estão aqui com você, seu ursinho também, até a fralda de quando você era bebê veio junto, e nós não vamos deixar nenhuma bruxa entrar aqui em casa, não é, pai?

— ...

— Acho que o papai já dormiu, ele está cansado, tem que acordar cedo pra trabalhar, mas se precisar ele acorda, pode deixar, e a mamãe também.

— A bruxa não vai me pegar?

— Não. De jeito nenhum. Nós não deixamos. Agora dorme, meu amor, dorme.

— Mãe!!!

— Toda noite isso?

— Raquel tem tido muito pesadelo, Arnaldo. Vou lá ver.

— O que foi, filha?

— A bruxa disse que ia me roubar e que ninguém ia me tirar dela. Que eu ia ficar sozinha lá na torre e que ninguém ia me ajudar porque lá só tem passarinho... Não quero ir pra lá, mamãe! Não quero!!!

— Mamãe vai deitar aqui do seu lado...

— Não!... Quero ir pro seu quarto. Lá não tem bruxa.

— Então vamos. Vem no meu colo. Pronto. O papai está lá te esperando.

— O que está havendo, hein, Valéria? Não vamos mais dormir?

— Não está percebendo, Arnaldo? Depois a gente conversa. Vem, filha, deita aqui, junto da mamãe. Será que eu preciso pedir pra você chegar um pouco pra lá, Arnaldo?...

— Tenho acordado todo doído.

— Pior é ter pesadelo, não é, filha?

— Mamãe, eu escutei a bruxa me chamar. Ela queria subir no meu quarto pra pegar meu cabelo...

— Mas essa história não é...

— Arnaldo! Essa bruxa é muito feia mesmo, Raquel, assustando você à toa. Mas agora não tem mais bruxa nenhuma, papai e mamãe estão aqui com você; vamos fechar o olhinho, porque amanhã você tem escola e seus amiguinhos vão estar lá, esperando você pra brincar de casinha, de massinha...

— Dá pra falar menos?

— Vamos dormir, amanhã a gente continua a conversar, está bem, filha?

— Mãe!!!

— Acorda, Valéria, é a bruxa!

— Que coisa, hein, Arnaldo...

— Precisa ver o que é enfrentar o dia seguinte. Ontem dormi sentado na privada do escritório.

— Mamãe já está indo, Raquel...

— A bruxa me chamou de novo! Raqueeelll! Raqueeell!

— Vem, filha, vem pro nosso quarto. Essa bruxa é muito má mesmo, toda noite te assustando, não te deixando dormir em paz...

— Por que ela está me chamando, mãe?

— Porque ela não tem mais o que fazer. Em vez de ficar em casa dormindo, vai pra rua assustar as crianças. Ai, bati a perna na cama... Arnaldo, será que você pode...

— Já cheguei. Mais, e eu durmo com a cabeça na mesa de cabeceira.

— Pronto, seu pai já deu um pouquinho de lugar pra gente. Agora procura ficar quietinha pro soninho vir. Mamãe já estava dormindo quando o papai disse que você estava chamando...

— Dá pra vocês...

— Não vamos mais falar. Pode deixar, Arnaldo. Vamos dormir os três, o papai, a mamãe e a Raquel. Não é, filha?

— Assim não...

— Como é então?

— Eu primeiro, depois você e o papai.

— Mãe!!!

— Chega!

— O que foi, Arnaldo? Por que você está levantando?

— Vou matar a bruxa!

— Calma, Arnaldo...

— Onde está a bruxa, Raquel? Diz pro pai.

— Lá embaixo, pai, ela gritou meu nome...

— Gritou seu nome?

— Gritou, Raqueeelll! Raqueeell!

— Vai abrir a janela, Arnaldo? O ar-condicionado está ligado.

— Aparece aí, bruxa! Apareceu, não é?

— Olha os vizinhos, meu bem...

— Vai embora agora! Está ouvindo? Agora!!!

— Você jogou meu guarda-chuva lá embaixo, Arnaldo?

— Pronto, a porcaria da bruxa morreu!

— Viu, Raquel? Papai acabou com a bruxa. Viu só? Hein, filha? Fechou os olhinhos? Boa noite, meu amor.

O lobo mau

— Alô! Quem fala?

— Eu.

— Eu quem?

— Chapeuzinho Vermelho.

— Aqui quem está falando é o lobo.

— O lo...

— O Lobo Mau. Tá fingindo que não me conhece? Olha aí, garota, não estou a fim de te comer nem de comer a sua avozinha caquética, está me ouvindo? Sou um lobo, porra! Agora vai chamar sua mãe que eu não converso com criança.

— O que é, Chapeuzinho? Não vê que estou assando um bolo pra sua avó? Tira o gato daqui...

— O lobo está no telefone!

— Quem?

— O Lobo Mau.

— Vá colher flores, minha filha.

Sempre que mamãe acha que eu estou mentindo me manda para o jardim. "Para o castigo bonito", ela diz. Depois, ela ligou para a minha avó contando que eu tinha dito que o lobo havia ligado e falado comigo. E que ainda tinha mandado chamá-la... "Imagina, mamãe", disse, tapando a boca aberta com a mão e se jogando para trás no sofá, até escutar um estrondo e ver a porta da frente vir abaixo e o lobo, passando por cima dela, entrar na nossa casa. Mamãe então se levantou e se desmilinguiu sobre o tapete vermelho no meio da sala. O lobo partiu pra cima dela e, puxando sua orelha, gritou lá dentro:

— Por que não veio falar comigo, hein? Está me evitando? Fugindo de mim? Não estou a fim de comer mulher nenhuma, está me entendendo? Papel ridículo terem vestido um lobo de mulher!

Mamãe abriu os olhos e voltou a revirá-los em seguida. Ele ainda não tinha acabado:

— Cresci na floresta, comendo animais selvagens, imagina se eu ia gostar de mulher...

Mesmo de olhos fechados mamãe tremia.

— Ela é surda? — ele perguntou, olhando pra mim.

— Acho que está com medo do senhor.

— Por quê?

— Por causa dos gritos, dos pelos e dos dentes.

— E você? — uivou na minha cara.

— Eu não. — E meu xixi escorreu pelas pernas bambas.

Notando, ele disse:

— O que é isso aí embaixo? Mijo?

Balancei a cabeça dizendo sim. Levantando a pata traseira, o lobo também fez xixi na sala. No abajur de pé de mamãe. Em seguida, perguntou:

— Você não tinha uma avó?

— Tinha.

— Onde ela foi parar?

— ...

— Tá surda?

— Na barriga do lobo.

— Sua avó caiu na cilada do lobo! Essas velhas são umas trouxas! — E o lobo soltou uma gargalhada.

Eu ia contar o que tinha acontecido, mas achei melhor não. Olhando ao redor, o lobo perguntou onde ficava o telefone. "Hein?", gritou perto da minha orelha. Doeu lá dentro. Apontei para onde estava o aparelho. E me sentei, com a calcinha molhada, para esperar; mamãe continuava no chão, desmaiada. Nesse momento, o lobo espirrou; fiz mais xixi ainda, mas desta vez ele não escorreu.

— Não vai me desejar saúde? — disse ele, me olhando de lado.

— Saúde — respondi.

Pegando o telefone, ele perguntou em voz alta:

— Qual é mesmo o número dos lambões?

Eu não sabia de quem ele estava falando. Dando um soco na própria cabeça, o lobo disse que havia se lembrado, e discou em seguida.

— Alô! Aqui quem está falando é o lobo! O Lobo Mau, cacete! Mas o que está acontecendo que ninguém me reconhece!? — gritou. — Porcos burros! Só sabem brincar de casinha... Enchem meu saco! Acho bom vocês pararem de falar mal de mim senão acabo com a raça dos três! Está ouvindo, seu bostinha? — E bateu o telefone.

Desligou bufando e, olhando pra mim, perguntou se eu conhecia alguém mais que o difamava. Alguma história infame sobre ele.

— Vamos, ponha a cabeça pra funcionar!

Eu não sabia o que era difamar nem infame, mas deviam ser coisas ruins, então respondi:

— Não, não conheço ninguém. Só a minha mãe mesmo. Era melhor não falar em vovó.

O lobo então se espreguiçou, saltou sobre mamãe que estava no caminho e saiu passeando pela sala, fazendo xixi nos móveis; quando se cansou, sentou-se na cadeira de balanço dizendo que estava de saco cheio.

— Resolveram me eleger! Sou o lobo da loba! Será que não entendem? — E começou a uivar. — Uivo, mas não rastejo — dizia —, morro, mas morro de quatro!

Será que estava chorando?! Pensei em pegar um lenço, mas achei que ele ia rasgá-lo.

— É um inferno! — disse, saltando da cadeira — Monstro, besta selvagem, cruel, é o que sabem dizer... Gentalha! Será que não é possível ser mau em paz? O que querem?... Quantas vezes preciso repetir que sou um lobo?

— Mamãe diz que eu...

Chi. Esqueci que estava falando com ele há um tempão.

— Continue — disse o lobo.

— Minha mãe diz também que eu só faço bobagem...

— Criança, pomba!

Aí ficamos nos olhando. Eu estava com muito medo. Tanto que achei que meu cabelo tremia, e meus dedos não ficavam quietos. Estava com medo dele e de mamãe também, porque eu tinha certeza que ela tinha escutado. Depois ia brigar comigo.

— Por acaso tenho orelhas grandes? — ele perguntou de repente.

Balancei a cabeça dizendo não.

— E os olhos?

Continuei balançando a cabeça.

— E a boca? Por acaso é grande? — E o lobo escancarou a boca.

Quanto dente! Quase fiz xixi de novo, mas disse, com as pernas molengas:

— De jeito nenhum.

— E por que você parou de falar?...

— Eu estou falando.

— Não agora! Quando ia falar da sua mãe...

— Ah, porque fi-fiquei com me-medo do senhor — disse, gaguejando.

— Que senhor? E eu sou senhor de alguma coisa?

— É, da floresta.

— Sou o senhor da floresta! Sou o senhor da floresta! — ele repetia.

E voltou a se sentar, e ficou em silêncio, estufando o peito. Em seguida, pediu um trago. Entendi que era bebida, disse que só tínhamos suco. Mamãe era "natural".

— E você? — perguntou.

— Eu também.

Ele então se levantou dizendo que aquela era uma casa caiada de merda e que ele já ia embora. E mandou que eu desse um recado à minha mãe, que continuava esticada no tapete da sala: que ela o esquecesse. Que o deixasse em paz. Que pensasse em homens, não em lobos! E que parasse de inventar histórias sobre ele.

— Pega mal pra mim e pra alcateia, minha tribo. Está me entendendo?

Balancei a cabeça concordando. E ele continuou dizendo que estava com o saco estourado de histórias infantis, que criança era uma pata no saco, e me olhou de esguelha dando um risinho. Mamãe continuava imóvel no tapete da sala. O lobo saiu resmungando. Mal ele tinha virado as costas, e eu já ia chamar minha mãe, quando escutei um barulho. Era ele de novo na porta, com os olhos vermelhos, perguntando:

— Tem uma coisa aí pra eu comer?

A mãe de Chapeuzinho Vermelho

Moramos numa casa perto da floresta (onde não cabe mais ninguém, nem um lobo) caiada de branco com vasos de gerânio na janela, eu, minha mãe e o gato. Mamãe costurou uma capa vermelha com capuz para mim e eu vivia vestida desse jeito, mas agora só uso de vez em quando porque o capuz esquenta minhas orelhas, aí elas ficam vermelhas e horríveis. Não tenho outros parentes, a não ser minha avó, que mora numa casinha no meio da floresta e não consegue mais sair. Vive deitada. Ou está dormindo ou pensando no tempo em que era moça e corria pelos campos e voltava para casa toda esfolada, ela disse. Não sei onde eram os campos. De vez em quando mamãe vai à casa da vovó levar coisas gostosas, que ela chama de guloseimas. Do lado de fora de nossa casa, no jardim ao redor dela, as borboletas voam entre as flores e os passarinhos cantam nos arbustos e o cheiro de bolo que mamãe faz sai pela chaminé que solta rolos de fumaça no céu azul.

Uma vez perguntei à mamãe onde as borboletas e os passarinhos faziam cocô.

— No ar. Como todo mundo — respondeu, e mandou que eu parasse de perguntar bobagem.

Naquela tarde passei muito tempo com os olhos no ar, mas não vi nada, então desisti e fui atrás de uma joaninha.

Corria tudo bem na nossa casa até que de um dia para o outro não sei o que aconteceu que mamãe ficou diferente. Não fala direito comigo, não sai de casa nem para ir ao jardim e nem quer saber do gato que ela vivia pegando no colo, fazendo carinho nele, chamando-o de Pulguinho. Ficava até tarde na cama, na mesma posição, de olhos abertos. Um dia que ela ainda não tinha se levantado tentei falar com vovó no telefone, contar como estava sua filha, mas vovó não escutou nada do que eu disse. Acho que estava sonhando, porque falou em cavalos soltos pelas campinas. Não sei o que são campinas. Com o gato tentei conversar várias vezes, mas ele também não quis ouvir, seus pelos se arrepiavam e logo ele escapulia saltando do meu colo para o chão e dando voltas pela cozinha, miando. Como eu não tinha ninguém mais com quem conversar, perguntei à mamãe o que estava acontecendo com ela:

— Nada, nada...

— É por causa do lobo mau?

— Não me fale desse animal traiçoeiro!

E pediu que eu não fizesse mais perguntas porque ela estava atazanada. Quis perguntar o que era aquela palavra, mas não podia falar mais. E mamãe ficou dando voltas na cozinha, ela e o gato. Olhava para uma panela, depois para outra, abria o forno, consultava o livro de receitas, espiava o tempo lá fora, depois largava tudo pra lá e ia se deitar, com os braços cruzados sobre o peito e os olhos passeando no teto. Aí eu voltava a perguntar:

— O que foi, mãe?

— Nada, nada...

Um dia de manhã em que tudo estava mudo, até o papagaio que morava lá perto não falava, mamãe acordou mais diferente ainda. Diferente do que já estava. Era uma diferença atrás da outra. Fazia tudo apressado, correndo de um lado para o outro. Até a comida nem sei como conseguiu fazer tão depressa; depois do almoço corria tirando a mesa, deixando as coisas caírem no chão, lavou a louça fazendo barulho, quebrando um pires, quando, de repente, arrancou o avental pela cabeça e, atirando-o sobre a pia, exclamou:

— Que loucura a minha vida, que loucura!

— O que aconteceu, mãe? — Corri atrás dela perguntando.

— Para de correr à minha volta!

— Por que você está correndo? — perguntei, puxando-a pela saia.

— Preciso evitar que a história se repita!

— Que história?

— Ora, de comerem sua avó!

E agora não posso explicar mais nada, ela disse, e enfiou o capuz de veludo vermelho na cabeça, foi se espiar no espelho do banheiro e, depois de espalhar muito batom na boca e nas bochechas, atravessou a cozinha quase escorregando, alcançou a cesta com guloseimas que havia preparado, pendurou-a no braço, abriu a porta de casa e saiu em disparada pela floresta.

— "Pela estrada afora eu vou bem sozinha..."

— Sshh... — Fiz para o papagaio que começava a cantar, e ele ficou quieto.

O gato miava à minha volta.

— Para, Pulgo! — Eu disse e corri atrás de mamãe gritando:

— Você não vai levar flores para a vovozinha?

— Não há tempo... não há... — respondeu ela na corrida.

— Há muitos perigos na floresta, o caminho é deserto e o lobo mau passeia aqui por perto!

— Para de falar nesse animal! — gritou, gesticulando com um dos braços, a capa flutuando sobre os ombros, se desviando das borboletas, tropeçando e quase caindo; e entrou na mata escura.

Voltei a gritar por ela que, aos poucos, tinha se transformado numa mancha em movimento.

— Cuidado! Ele é enorme, tem o focinho grande, os olhos acesos e os dentes agudos...

— Eu sei, eu sei... Mas você insiste em falar nesse animal... — continuava a ouvir seu grito, enquanto ela saltava os coelhos que apareciam pelo caminho; desaparecia atrás das árvores, pisava nas flores, deixando o rastro da capa vermelha ondulando; e o bolo, as rosquinhas e o pote de geleia caíam pela estrada afora...

Então gritei pela última vez:

— O caçador! Ele vai fazer a pontaria e te dar um tiro certeiro!

— É com ele que eu vou me encontraaaarrr! — Mal deu para escutar o que ela disse...

Os três mosqueteiros

Todo ano, assim que começavam as férias, eu era levada para o sítio e só voltava quando elas terminavam. Logo que o carro entrava no chão de terra se sacudindo todo, eu via minha avó ao lado da árvore cheia de cigarras mortas que ela amarrava com laço de fita para comemorar minha chegada. Um dia, quando o carro fez a curva, eu vi meus primos ao longe, de botas, montados em cavalos amarelos, com os cabelos empinados. Meus primos eram grandes e vermelhos. Vovó dizia que os mosqueteiros — assim chamava os três — tinham ido passar as férias. E ela tinha certeza que nos daríamos bem e que, apesar da diferença de idade (vovó dizia que eles tinham doze, treze e catorze anos, era uma escadinha, e eu tinha cinco anos), primos sempre se entendiam.

Logo que ela acabou de falar, eles passaram galopando por nós, e meu olho ficou cheio de poeira e o de vovó também, e ela disse que eles tinham saído para dar a volta ao lago. Que é um lago enorme, escuro, cheio de jacaré no fundo. Um dia um jacaré subiu pra tomar ar, olhou pra mim e piscou o olho. Mas eu fingi que não tinha visto. Estávamos no quarto, vovó e eu, quando escutei o barulho das patas chegando. Meus primos voltavam. Assim que eu apareci na varanda e eles me viram, disseram que queriam brincar comigo. De quê?, perguntei. De boneca, um deles respondeu. Eu ficava na altura do umbigo deles. E a boneca era eu, disseram, esticando os braços, e quase me pegaram, mas eu saí correndo, tropeçando, e fui contar pra vovó, e ela então mandou que eu fosse dizer a eles que eu era uma menina e não uma boneca. Mas eu não disse porque em casa me chamavam de bonequita linda.

À noite, enquanto vovó assistia à novela no quarto, meus primos fumavam escondidos na varanda, arriados nas cadeiras de palhinha, soltando puns, com as pernas esticadas, soprando bolinha de fumaça para o alto. Numa dessas vezes, quando me viram, perguntaram se eu tinha namorado. Respondi que eu tinha o namorado da minha amiga. E não sei por que eles riram, e também não sei por que jogaram o cigarro aceso na grama pra queimar as formigas. Depois ficaram perguntando o nome do meu namorado, mas eu não disse, e fui embora. Deixei os três se sacudindo de rir.

No dia seguinte, assim que acordei, contei tudo pra vovó. "Mas que coisa é essa, Deus do céu?", ela disse e largou o cachorro todo ensaboado escorregando dentro da banheira, e foi lá falar com eles. Quando acabou de brigar com os três, dizendo que assim não era possível, eles se afastaram e, já bem longe, soltaram várias gargalhadas. Depois desse dia meus primos passavam por mim e me chamavam de "mulinha", baixo, então eu respondia "Não sou mulia!", e eles riam mais ainda. Vovó, ao cruzar com eles dizia "Modos, meninos!". E eles rebolavam sem que ela visse.

Um dia, vovó precisou ir à cidade; fui ver o que meus primos estavam fazendo. Encontrei os três atrás da casa, agachados em rodinha, arrancando as patas de um besouro.

— Vai contar pra vovó, caguete?

— Não — respondi. — E pedi um chiclete.

Deram, dizendo que ele tinha que durar até o final das férias. E riram. Estavam sempre rindo. Em seguida, largaram o besouro de barriga pra cima e me chamaram pra brincar de bola. Não explicaram como era a brincadeira. Mal acabaram de falar, um deles me levantou pela cintura e me jogou para o outro, que me pegou e me jogou para o irmão, e assim ficaram, me atirando de um para o outro, até eu escorregar das mãos deles e cair no gramado, tonta; então eu levantei, com as árvores rodando, e disse que ia contar pro meu pai, pra minha mãe e pra todo mundo; eles iam ver. E acabei dormindo na grama. Acordei com vovó perguntando se eu não sabia que na grama tinha formiga quente... Viu alguma?, ela dizia. E eu queria contar o que meus primos tinham feito comigo, mas nesse instante eles passaram por nós gritando pra que ela não acreditasse em espiãs! E os olhos de vovó envesgaram.

À noite, no meu quarto, antes de dormir, vovó dizia que os mosqueteiros eram daquele jeito porque tinham sido criados para serem valentes, corajosos, e então ficaram agitados e sem modos. E fez o sinal da cruz. Quando ela saiu do quarto, grudei o chiclete debaixo da mesa de cabeceira.

De manhã, meus primos diziam que iam cavalgar; calçavam as botas de cano alto e saíam cuspindo nas plantas e estalando o chicote na palma da mão. E só voltavam na hora do almoço, rindo, suados, e se atiravam na piscina, arrancando somente as botas. Eu também queria nadar, mas não podia, porque vovó contava que um dia o sol havia consumido uma menina — que tinha a pele igual à minha — em instantes. Então eu ficava sentada na escada de pedra vendo meus primos brincarem de se afogar, e nunca sabia qual deles estava morrendo. Quando saíam de dentro d'água, eles passavam por mim e espremiam o cabelo na minha cabeça. Aí eu cuspia neles, mas não acertava porque eles saíam correndo.

Numa noite em que eu ainda não tinha dormido, ouvi as vozes deles vindas do jardim: "Bebe! Vai, bebe!". Aí escutei também a voz do jardineiro dizendo que o céu estava apinhado de lua. E meus primos riam às gargalhadas.

Um dia, o mais vermelho deles veio conversar comigo. Contou que queria estar preparado, e assim dizendo saltou, plantou bananeira, deu golpes no ar, tudo isso acompanhado de gritos roucos; depois desapareceu. Eu ficava deitada de bruços na grama acompanhando as formigas; às vezes elas paravam para me olhar, aí eu dizia tudo bem?, e elas seguiam andando, com suas patinhas mínimas. Um dia, eu vi uma que mancava. Numa dessas vezes, esse primo apareceu cheio de urtiga no cabelo; sentou na grama e, sacudindo a cabeça, pediu que eu tirasse aquele troço de cima dele; enquanto eu arrancava as urtigas, vi seus irmãos escondidos atrás da árvore. Contei para ele. De um salto, meu primo foi embora.

Nesse instante que ele desapareceu, os outros saíram detrás da árvore e vieram me contar uma porção de coisas. O primeiro disse que o mal estava a caminho. E que ele não morria de jeito nenhum, porque era feito de ferro. E já estava todo retorcido. Que ele vinha se escondendo pela estrada afora. (Meu primo fazia careta enquanto contava.) Ah, já sei, eu disse, é o Lobo Mau! Aí ele fez "sssh" e continuou. "Um desvio aqui, uma ponte ali, uma carroça adiante, faz o mal andar devagar, mas sempre em frente, para pegar as meninas que encontra pelo caminho." Depois o outro começou a falar das formigas que cresciam de uma hora pra outra querendo abraçar as crianças, e quando as crianças deixavam elas ferravam o pescoço delas, esguichando sangue pra todo lado, e não adiantava ninguém correr para salvá-las porque elas morriam instantaneamente. Contou também do jacaré que engoliu uma menina e depois passou mal porque ela teve um ataque dentro dele, e do mendigo que passava lá no portão do sítio com o peru pra fora... Se eu já tinha visto, perguntou. "Sabe o que é isso, hein?", disse e começou a rir, mas parou porque de repente um raio estourou, fazendo um barulhão, eu tremi toda, e ele disse que era o aviso da chegada. O mal estava entre nós. E a tarde se transformou numa noite escura e eu fiquei escutando o que eles disseram no meu ouvido. Mas quando meu pai chegar ele vai catar um monte de besouro e eu vou enfiar todos na boca deles.

No dia seguinte, meu primo contou que seus irmãos estavam preparando uma surpresa para o jantar de aniversário de vovó. Disseram que iam contar uma história cabeluda. Daquelas de arrepiar. Já tinham avisado. E ele disse tudo isso me olhando, como se tivesse alguma coisa atrás do meu olho, mas não tinha.

No dia do aniversário, a família já tinha chegado ao sítio, mamãe, os pais dos mosqueteiros, e minha tia com seu marido italiano. Havia também outros tios velhos. Eles chegaram trazendo presentes e mais presentes que puseram em cima de vovó. Alguns até escorregaram e caíram no chão. A casa ficou barulhenta com a chegada deles, que faziam muitas perguntas, e vovó corria de um lado pro outro tentando entregar um copo na mão de cada um, para que guardassem a escova de dentes.

Ao nos sentarmos para o jantar que ela havia preparado com a ajuda do cozinheiro, perguntei a meu primo a que horas seus irmãos iam contar a história do cabelo. Mas ele não respondeu; seus olhos tomavam conta dos outros dois que, naquele momento, começaram a rir, dizendo que o perigo rondava o sítio. Que perigo?, perguntaram os adultos se entreolhando. E os primos olharam na minha direção e, soltando gargalhadas, caíram da cadeira sem conseguir terminar de falar. *Comme prima, piu di prima, te amerò...*, ouviu-se a voz do tio italiano. "Come prima?", sussurrou uma das tias velhas. "O que é isso?", perguntou mamãe. "Desse jeito nossa filha não vem mais ao sítio", disse meu pai, espremendo os olhos. Então eu saí correndo pra ir buscar meu chiclete que tinha ficado grudado na mesa de cabeceira enquanto escutava a voz de vovó — misturada ao barulho da campainha que ela deixara cair — dizer que havia sempre muita emoção na noite do aniversário dela.

João e Maria

— João.
— Que é?
— Acho que papai e mamãe não gostam mais da gente...
— Olha pro chão, tem cocô aí!
— Ouviu, João?
— É que damos despesa.
— O que a gente vai fazer?
— Você quase pisou... Argh!
— Não bate na minha cabeça!
— Quieta.
— Será que mamãe vem atrás de nós?
— Não fala, já disse! Abaixa.
— Ai, você machucou meu joelho...
— Anda, abaixa!
— Não me empurra...
— Acho que vi um tigre.
— Hein, João?

— Estamos na selva.

— Não é na floresta?

— Cadê o miolo do pão?

— Comi.

— Tudo??

— Tem um aqui... Quer que eu jogue pra ele, João?...

— Cala a boca!

— Tigre come criança?

— Come tudo.

— Quero ir embora. Não gosto de selva, João... Acho que pisei numa lagarta, tira minha sandália...

— Para de falar!

— Quando eu posso falar?

— Espera. Pronto, ele foi embora.

— Era o tigre?

— Vamos.

— Estou com fome, João.

— Anda.

— Tá escuro, tô com medo... Ai, tem uma coisa na minha cabeça!

— É o cipó do Tarzã.

— Quê?

— Nada.

— Tô escutando uma voz de mulher... Será que mamãe veio buscar a gente?

— Quieta!

— Olha uma velhinha!

— Abaixa o braço.

— Posso ir falar com ela?

— Oh, o que vocês fazem por aqui, meus meninos?

— Mamãe não quer...

— Estamos procurando o caminho de casa, não é, minha irmã?

— Por que você me chamou de minha irmã, João?

— Ha ha ha! Mas por que vocês não procuram amanhã, com o dia claro? Se quiserem, podem passar a noite na minha casa, em umas camas bem fofinhas que eu posso preparar pra vocês. Além do mais devem estar com fome... Eu moro logo ali, atrás daquelas árvores altas, num verdadeiro bosque, tenho certeza que vão gostar!... Vejam! — Apontou em direção à casa.

— A casinha é toda de chocolate, João! Vem!

— Vamos entrar, a porta está aberta. Fiquem à vontade, meus meninos...

— Acho que ela é bruxa. E não repete o que eu falei!

— Hein, João? Você cuspiu no meu ouvido...

— Não vamos conseguir sair daqui.

— Por que você quer sair?

— Fala baixo senão ela escuta...

— Vocês já viram este cantinho aqui, meninos?... Entrem... entrem...

— Vem, João! Que barulho foi esse!?

— Ela nos trancou!

— Não quero ficar aqui, João...

— Quieta.

— Ela é bruxa?

— Cala a boca!

— O que você está fazendo?

— Tentando abrir a porta.

— E agora?

— Para de falar.

— Não posso falar aqui também?

— Psst!

— Mamãe vai achar a gente aqui?

— Quieta, já disse.

— Olha, tem um banheirinho.

— Vou buscar o jantar de vocês, quero ver meus meninos bem gordinhos — disse a bruxa e soltou uma gargalhada.

— A gente tá com fome, não é, João?

— Preparei uma comidinha leve para que vocês possam ter um bom sono: cabeça de pintinho acompanhada de suflê de lagartixa e suco de mariposa. Ou preferem cobrinha *sauté* com lesmas selvagens? Também é um verdadeiro pitéu! Vou empurrar os pratos por baixo da porta... Que tal, gostaram?

— O que ela falou, João?

— Que trouxe a comida.

— E a lagartixa?

— Amanhã eu vejo o que vou fazer.

— O quê?

— Nada, come.

— João, tá ouvindo que eu tô chorando?...

— ...

— Sabe por quê?

— Dorme.

"Como é difícil ser bruxa... Decorar todas essas poções... Mas acho que fiz tudo direito..."

— Quem está falando, João?

— Sssh.

"Era isso mesmo que eu tinha que fazer, as crianças estão presas, e pouco a pouco vou engordá-las, depois... Onde será que pus meus óculos? Preciso seguir o manual..."

— Por que você já levantou, João?

— Hum... que cheiro horrível... Vai pro banheiro, Maria!

— Não consigo abrir a porta.

— Pronto. Agora me deixa! Se tivesse um arame aqui eu tinha conseguido abrir essa fechadura.

— Tá falando com a bruxa, João?

— Quieta aí.

— Já acabei.

— Deu a descarga?

— Esqueci.

— Então volta lá e depois fecha a porta. Eca!

— O que você está fazendo aí na janela?

— Tentando abrir essa porcaria...

— Está trancada?

— Acordaram, meus amores? Então vou buscar os petiscos.

— O que a bruxa vai trazer, João?

— Café.

— Quero pão com geleia.

— Quieta.

— Por que você está sacudindo a porta e a janela?

— Você quer que a gente morra aqui dentro?!

— Eu não quero morrer! Não quero, João...

— Para! Você não vai morrer. Agora presta atenção.

— Ai, não aperta minha orelha...

— A gente tem que achar um jeito de sair daqui!

— Chegaram os petiscos! Que tal, meus meninos? E o almoço vai estar uma delícia... Um quitute para o paladar infantil: rato malpassado com barata frita. Já experimentaram esse prato? Ratinho com barata frita? Duvido! Serão escolhidas uma a uma, e não serão as cascudas, que demoram pra cozinhar... — E a bruxa soltou sua gargalhada.

— O que a gente vai comer, João?

— Ela não ri direito...

— Hein, João?

— Estou falando comigo.

— Posso falar também?

— Não. E não me abraça... Me larga!

— Eu quero a mamãe, João, eu quero...

— Para de chorar, a bruxa vai escutar. Quer que ela te leve pro quarto dela?

— Não!

— E se eu disser que você ficou doente? Será que ela abre a porta?

— Eu estou doente?

— Sai, vai lá pra janela!

— João... acho que eu vi o tigre.

— ...

— Ouviu? Não vai mais falar comigo?

— Estou pensando.

— Ai, você pisou na minha sandália... Sujou ela...

— Vamos dormir.

— João, estou ouvindo um barulho lá fora. Piquetique, piquetique...

— Deve ser a Chita.

— Quem?

— A macaca do Tarzã.

"Como é difícil entender a letra da bruxa... Mas acho que está escrito que são necessários anos de pensamento sinistro ruminados em volta do caldeirão. Um esforço inaudito, uma trabalheira incansável, mas, uma vez cumprido o ritual, se alcança o mundo da magia. Falta pouco então para eu chegar lá! Para me tornar uma bruxa igual a ela... Ha ha ha!"

— Eu sabia! Bem que eu tinha desconfiado! Ela não é bruxa!!!

— Que foi, João?

— Dorme.

— Acordem, meus amores, quero contar pra vocês o menu que preparei para o almoço! Poucas crianças no mundo tiveram a sorte de saborear tal iguaria. Vocês serão os felizardos! Um dos pratos mais elaborados que fiz até hoje... Foi muito difícil pinçá-los, sim, porque só com pinça e lupa consegui essa façanha! Mas eis que aqui estão: miolo de passarinho ensopado. Acompanha arroz com lascas de camundongo essencialmente caseiro. Enquanto isso, se deliciem com os petiscos matutinos.

— Passarinho, João?

— Agora presta atenção. Vamos gritar, ouviu o que eu disse?

— Por quê?

— Porque sim.

— Pro Tarzã?

— Anda, grita!

— Minha garganta tá doendo.

— Grita, tô mandando!

— Vou contar pra mamãe que você me bateu...

— Não te bati.

— Sacudiu minha blusa, amassou ela toda...

— Grita, anda!

— Não.

— Tô mandando você gritar...

— Larga o meu cabelo!

— O que está acontecendo com vocês, meninos? Parem com isso, vão assustar a vizinhança!

— Para de me bater!

— Não estou te batendo!

— Bateu, sim! Vou contar tudo pra mamãe!

— Estão brigando? Parem, por favor! Nada de escândalo!

— Corre, Maria, ela abriu a porta!

— O que está havendo aqui, meninos?

— Não me puxa, João!

— Anda, corre!

— Não gostaram da minha comida?... Hein, meus meninos? Hein?... Eu era a cozinheira da bruxa, mas aí ela morreu...

— Corre!! Vamos fugir!!

— Minha sandália tá escorregando...

A cigarra e a formiga

— E agora, com vocês, Mariana, que vai nos contar a história da cigarra e da formiga. Vem, Mariana, vem com a tia!

Era o Dia da Criança e estávamos na escola. Papai, mamãe e vovó foram assistir à minha apresentação. Eu estava de saia rodada porque mamãe achava que assim iam me achar mais bonita, e também estava de rabo de cavalo e com uma bolsa de alça em forma de coração. Meu cabelo doía, porque mamãe tinha feito um rabo de cavalo muito apertado nele. Nesse dia, cada aluno que tinha sido escolhido pela professora ia se apresentar. A professora me pegou pela mão e subimos no palco que tinha sido armado para a festa do Dia da Criança. Ela disse que eu ia contar uma história porque eu gostava muito de conversar. Todos riram. Mamãe tinha escolhido a história da cigarra e da formiga. Em cima do palco havia uma porção de bandeirinhas coloridas que voavam porque ventava. No caminho para a escola papai tinha dito que era um sudoeste brabo. Ele conhece os ventos porque quando era menino eles passavam na frente da casa dele.

Já mamãe diz que conhece os penteados, mas eu acho que ela só sabe fazer maria-chiquinha e rabo de cavalo. E meu irmão sabe cuspir. Hoje ele não veio porque tinha de jogar futebol na rua. Mamãe, segurando o cabelo, olhava pra mim da cadeira onde estava sentada, papai olhava para o relógio, sem se incomodar com o cabelo porque o dele era grudado na cabeça, e vovó tinha uns fios de cabelo levantados, e estava em pé porque é baixinha e não enxerga nada. Não sei o que mamãe pôs na minha saia, porque ela não rodava nem um pouquinho. Então eu disse:

— Era uma vez uma cigarra e uma formiga.

Aí eu parei porque não lembrava direito se era uma cigarra e uma formiga. Acho que era uma formiga e uma cigarra.

— O que aconteceu, Mariana?

— Nada.

As crianças já estavam rindo. Toda festa é assim, elas riem. Um dia um garoto que ia tocar pandeiro vomitou e ficou tudo sujo, aí levaram ele embora. Depois nunca mais ele foi à escola. Acho que ele morreu, nem se apresentou. E uma vez uma menina se jogou no chão de bruços, batendo as mãos e as pernas. Foi embora com a cara toda vermelha, e o vestido sujo, no colo do pai. A professora disse que a menina tinha se aborrecido, mas que já ia passar. Nesse instante, todos olharam pro alto porque tinha estourado um trovão, e a professora disse que pelo jeito teríamos uma chuva passageira.

— E aí, Mariana? — ela perguntou, com o olho no céu.

Então eu comecei:

— Tendo a cigarra cantado durante o verão apavorou-se...

Aí eu parei, porque tinha me esquecido. Os adultos ficaram calados e as crianças continuaram a rir, fazendo careta.

— O que foi, Mariana? — disse a professora.

Lembrei.

— ... Apavorou-se com o frio da próxima estação sem nada

pra se alimentar com fome foi ver a formiga sua vizinha pedindo-lhe alguns grãos para aguentar até vir uma época mais quentinha.

Enquanto as pessoas aplaudiam, principalmente vovó e mamãe, os trovões voltaram. Tinha uns gritos de passarinhos também. Uma barulheira danada. E a professora dizia que eu era como a formiguinha da história, sempre...

Eu disse que tinha mais.

— Eu lhe pagarei disse ela antes do verão palavra de animal os juros e também o capital.

Mais aplausos. Agora mamãe também estava de pé, como vovó, e papai olhava pra mim. E eu disse que tinha mais:

— A formiga não gosta de emprestar e esse é um dos seus defeitos o que você fazia no calor de outrora perguntou-lhe ela com esperteza.

— Parabéns, Mariana! Vamos aplaudi-la! — disse a professora.

— Noite e dia eu cantava no meu posto sem querer dar-lhe desgosto.

— Mariana está contando muito bem, muito bem mesmo, e está quase no final, não é mesmo? Não podemos nos demorar, Mariana, porque seus amiguinhos ainda têm que se apresentar... — voltou a falar a professora, e deu uma espiada no céu.

— Você cantava que beleza pois então dance.

Comecei a dançar, e vi muitas pessoas saindo depressa, e a professora dizia palmas para a Mariana, que fez uma bonita apresentação, mas aí eu disse que a história também era assim:

— Tendo a cigarra em cantiga passado todo o verão achou-se em...

— Muito bem, ótimo, Mariana! Parabéns! — E ela tentava me tirar do palco.

— ... Achou-se em penúria extrema na tormentosa estação.

— Vamos aplaudir a Mariana, que acabou de nos contar uma linda história!

— Não lhe restando migalha, foi valer-se da formiga que morava perto dela.

— Pronto, muito bem! Vamos, Mariana! A tia vai ajudar você a descer, dá a mão. — E uns pingões de chuva começaram a cair na cara dela.

— Não acabou — eu disse.

— Onde está a mãe da Mariana? — perguntou a professora, passando os dedos no vestido.

De repente, mamãe apareceu e logo me empurrou, ela gosta muito de empurrar, e eu tive que sair depressa do palco. Quase que minha saia fica presa num prego. Não vi onde ele estava. Devia ser dos grandões. Daquele que um dia furou o pé do meu irmão e todos correram com ele pro hospital e eu fiquei sozinha em casa, vendo se ia chegar ladrão. Aí eu disse de novo que não tinha terminado.

— Rogou-lhe que lhe emprestasse pois tinha riqueza e brilho.

— Vamos, minha filha, vamos! — dizia mamãe ao passarmos pelas pessoas com guarda-chuva aberto, sentadas nas cadeiras, rindo. Saímos da escola, eu na frente, mamãe atrás de mim, papai bufando atrás dela, e vovó lá no final dizia que já estava toda molhada. Sentia a gripe chegando a galope.

— Algum grão com que manter-se até voltar o estio.

— Está bom, Mariana — disse papai ao entrarmos no carro.

— Amiga diz a cigarra prometo pagar-vos antes de agosto os juros e o principal.

Dentro do carro, que quase chegava em casa, faltava ainda fazer a curva, mas antes ele tinha que entrar em muitos buracos, vovó dizia que tinha ficado encharcada. Mamãe dizia que chovia a cântaros e papai, que não tapavam aqueles buracos, ninguém fazia nada. E depois do que ele diz ele sempre solta um palavrão.

— A formiga nunca empresta nunca dá por isso junta no verão a pedinte ela pergunta.

— Mariana! — papai tornou a dizer.

— Responde a outra eu cantava.

— Acabou — eu disse.

Todos saltaram rápido do carro. Papai dizia "ufa", mamãe que ia tirar a sandália que estava triturando o pé dela, além de tomar duas pílulas para dor de cabeça, e vovó que ia esticar um pouco as canelas. E eu falei que ia dançar.

— Vou botar minha roupa de balé e já volto. Depois eu vou cantar, tá?

O gato de botas

Numa manhã chuvosa, dessas que eu pensei que não fosse acontecer nada na porcaria da minha vida, eu voltava do colégio e, quando estava quase chegando em casa, encontrei um gato em péssimas condições no meio da rua. Era pequeno e miava. Parei para observá-lo. E assim ficamos nos estudando até eu dizer:

— Siga-me!

O gato obedeceu. Costumo recolher animais de rua; sou um tanto sentimental (meu pai dizia). Mas eu mal podia imaginar o que seria dali pra frente a convivência com aquele gato. Logo ao abrir a porta de casa, escutei mamãe batendo panela na cozinha, como quase todos os dias. Quando as receitas não funcionam, ela atira longe as panelas. Um dia, uma delas foi parar no quintal da vizinha. Assim que mamãe nos viu, a mim e ao gato, mandou que eu enxotasse o animal e parasse de trazer porcaria pra dentro de casa. Chamei o gato para o meu quarto, para o meu esconderijo devassável (palavra que meu pai me ensinou quando ainda morava conosco). Assim que fechei a porta, ouvi uma voz:

— Farei tudo o que meu amo mandar!

O gato estava postado diante de mim, me encarando, e já não parecia o mesmo de antes. Fora-se a má aparência. Teria sofrido uma súbita transformação? Ou se recompunha facilmente? Fingi que acreditei que ele falava. É sempre bom mostrar ignorância diante dos animais e dos adultos. (Meu pai me ensinou a pensar dessa maneira, como uma criança madura e prática; diz que em casa eu corro perigo porque mamãe é uma espécie de ogra.)

— Dize-me lá o que queres! — disse ele.

— Fala direito, gato! E aí, o que você come?

— Eu me alimento de lebres, codornas, coelhos e faisões.

— Pirou, né?

— Oh, nobre marquês de Carabás...

— Que marquês?...

O gato não respondeu, e eu achei melhor não insistir. No fundo achei legal ter sido chamado de marquês. Claro que eu sabia o que ele comia, mas queria ouvi-lo mais uma vez. Me certificar de que ele realmente falava. Gatos surpreendem sempre. Meu pai contou que tinha conhecido uma mulher (meu pai conheceu muitas mulheres) que tinha um gato que dava rasantes dentro de casa. Uma vez, contou que ele voou tão alto e durante tanto tempo que a empregada da mulher confundiu o gato com uma pipa, e ele foi parar no varal de roupa, entre as calcinhas. (Meu pai disse que o animal havia feito uma afronta; cometera uma imoralidade, com alvo e mira.)

Ficamos em silêncio por instantes, até o gato voltar a falar:

— Pergunte à sua mãe onde achar alimento, ou então a seu pai, marquês...

Eu disse que não podia falar com o meu pai porque ele havia saído sem saber se voltaria. Tinha pedido as contas. Preferira pagá-las ele mesmo no final do mês, estava sem condições de olhar para a minha mãe. Se continuasse em casa, seria capaz de triturá-la como carne para almôndegas. O gato me olhava incrédulo (palavra que um dia meu pai repetiu para que eu a aprendesse). Tinham vivido uma vida de casados infame e vil. E nos desencontros entre ele e mamãe perdera inúmeros fios de cabelo e alguns molares. Achava que ela contraíra raiva quando pequena, ao enfrentar as marolas da praia com sua boia de pato.

Mas voltemos ao gato e à importância que ele teve na minha provisória vida de marquês de Carabás. Até porque o resto é fuligem. Detrito, se bem me entendem (meu pai também costumava falar assim). Acabei dizendo para o gato que não se importasse com a comida, eu daria um jeito, mas também precisava que ele me ajudasse.

— Do que necessitas, amo? — perguntou ele.

Eu não estava gostando muito do jeito dele falar, mas precisava me abrir com alguém, e o gato possuía orelhas atentas. Contei então que gostava de uma garota, mas como não sabia o nome dela passei a chamá-la de princesa, porque ela tinha mesmo uma cara real; nos meus sonhos ela usava uma tiara de brilhantes e um manto cravejado de pedrarias, mas às vezes também estava nua. O gato deu uma piscadela. Quem sabe ela viria a se apaixonar por mim, caso tudo desse certo. O gato me olhava atentamente; quando acabei de falar, ele disse que só poderia me ajudar se eu lhe arranjasse um par de botas. Estranhei o pedido, mas, mesmo assim, prometi encontrá-las. E quando eu já estava quase ganhando as ruas, ele pediu que eu não esquecesse a sua refeição.

Saí à cata das botas e de comida.

Meia hora depois eu estava em casa com o resultado dos roubos: um par de botas de um garoto que jogava futebol comigo e um animal de macumba. Disse a ele que era codorna. O gato me olhou sem piscar e, antes de ver as botas, enfiou o focinho no prato de comida. Comeu tudo sem desconfiar. No final, mostrei as botas. Ele esticou as patas e eu enfiei as botas nelas. De um salto, o gato pulou da cama reclamando que estavam apertadas. Impossível cumprir a missão desse jeito, reclamou, que eu fosse trocá-las. Eu não atinava onde poderia roubar outro par de botas, até me lembrar de um colega de pés disformes. Patas, a bem dizer. Antes de eu sair outra vez, mamãe apareceu na porta do quarto e mandou eu jogar o gato fora, de preferência em frente à casa do meu pai, que ficava distante da nossa.

— Já vai — eu disse, enquanto mandava que ele se escondesse debaixo da cama.

Quando mamãe deu as costas, escutei o gato dizer que ia pular em cima dela. Encarei-o porque, apesar de cruel, ela é minha mãe desde o início. Percebendo a contração nas minhas pupilas, ele disse que eu ficasse tranquilo. Tivera uma reação animal passageira. Sofria de instintos. E saiu caminhando como um simples gato. Assim que apareceu na sala, Bolbinha, minha irmã, vendo-o pela primeira vez, exclamou:

— Que gracinha de gatinho...

— Larga esse bicho... — disse mamãe, aparecendo na porta da cozinha com dentes trincados. — Desaparece com isso, Fernando!

O grito foi endereçado a mim, como todos os outros. A não ser os de antigamente, que eram dirigidos a meu pai. Nesse instante, o gato desapareceu debaixo do sofá e minha irmã se abaixou chamando por ele. Me aproximei do ouvido dela e disse que iria trocar as botas do gato, que tinham ficado apertadas, enquanto isso ela que tomasse conta dele para que mamãe não o enxotasse de casa.

— Ouviu, Bolbinha?

Ela fez que sim com a cabeça, babando pelos cantos da boca. Ainda não aprendera a engolir saliva.

Saí de novo pelo meio da rua, abraçado à caixa das botas que não serviram para o gato.

Na volta, todos haviam desaparecido. Fui à cozinha, e nada da minha mãe. Atracara-se com a vizinha? Ou corria em volta do quarteirão? É o que faz quando se sente torturada. Abri a porta do quarto da minha irmã, paz completa; nem sombra dela. Espiei debaixo do sofá da sala, nem pelo do gato. Corri para o meu quarto, e lá o encontrei enroscado no meio da cama.

— E aí? Trouxe as botas? — perguntou, levantando a cabeça e oferecendo as patas.

Ajoelhei para calçar as botas nele, que dessa vez se ajustaram perfeitamente, ele disse, satisfeito, lambendo os bigodes. Então, circulando pelo quarto, anunciou, socando as patas da frente no peito, que daquele momento em diante passara a ser o poderoso Gato de Botas!

— O que você quer que se realize antes do encontro com a tal garota? — perguntou, altivo. (Meu pai dizia que minha avó era altiva, orgulhosa e prepotente.)

Refleti e depois disse que queria que ele transformasse minha mãe numa boa mãe.

— Feito! — disse o gato depois de girar as patas no ar. — E o que mais meu amo deseja?

— Que dê sumiço na minha irmã.

— Pedido atendido! — disse o gato, em sua circunvolução de patas.

Nesse instante, ouvi a voz de mamãe:

— Fernando, querido... Você viu sua irmãzinha?

— Não... — respondi, pasmo.

— Já procurei em todos os lugares, onde será que ela foi?...

E o mel escorria do canto dos lábios de minha mãe, e seus olhos eram duas poças balouçantes (palavra que devo a uma avó que morreu atingida por uma súbita corrente de ar). E mamãe, me abraçando, viu o gato.

— Que bonito esse gatinho, como ele apareceu aqui, Nandinho?

— Peguei na rua.

— Coitadinho... Deve estar com fome... — E foi até a cozinha atrás de um prato de leite.

O gato piscava o olho pra mim quando, de repente, mamãe voltou enxugando as lágrimas, dizendo que estava com saudades da minha irmã. Que, se ela não aparecesse até o anoitecer, ela, mãe, daria cabo da vida na goiabeira que ficava nos fundos do quintal. Já estava à procura de um lenço de bom comprimento.

— Espera, acho que eu tenho a solução! — eu disse rapidamente.

Peguei o gato no colo, com bota e tudo, e fui com ele para o meu quarto. Assim que entrei, ordenei:

— Desmancha o sumiço da minha irmã! — eu disse, apertando o pescoço dele.

— Não se altere, marquês, se eu desmanchar, sua mãe volta ao que era... Os pedidos são feitos e desmanchados de dois em dois.

Que gato desesperador! Não tive saída senão pedir que ele devolvesse minha irmã e, com ela, a mãe má. E assim as coisas voltaram ao distúrbio de sempre. Mamãe voltou a gritar e Bolba a pentelhar, não antes de despejarem lágrimas e de se abraçarem sofregamente assim que se viram. No quarto, eu e o gato nos mirávamos, ele aguardando ordens, eu pensativo. Foi então que achei que era chegada a hora de ele fazer a garota aparecer. Enquanto eu pensava, ele amansava com a língua ora um pelo, ora outro. Fiz o último pedido, enquanto ele continuava ocupado consigo mesmo. Mal acabei de falar, o gato disse que lamentava, mas eu esgotara minha cota, porque, na verdade, eu tinha direito a apenas três pedidos. Voei em cima dele e arranquei-lhe as botas! Em seguida, peguei-o pelo cangote e, cruzando a sala, me precipitei para a porta, ouvindo seu miado súplice (palavra que minha avó adorava):

— Calma, marquês... O que é isto, meu amo?... Devagar com o Gato de Botas...

— Que Gato de Botas, que nada! É cada história!

Num acesso de fúria, joguei o gato na rua, e já ia bater a porta quando escutei alguém me chamar:

— Nando!

Era a garota, de mão dada com o imbecil que ficara sem as botas.

A pequena sereia

— Meninos, crianças, infantes, acordem!

Mamãe estava de biquíni, andando de um lado para o outro, catando coisas, nos chamando para ir à praia. Sempre que eu saio da cama, continuo dormindo, meu irmão também, porque todo dia ele acha que é dia de aula. Depois de vários chamados, mamãe começa a gritar, então levantamos.

Na rua, em direção à praia, ela andava atrás de nós, se ajeitando, porque sempre faltava alguma coisa pra ficar pronta. Nesse dia, ela brigava com o prendedor de cabelo. Dizia que era um horror comprar coisa barata.

Ao chegarmos, mamãe deixou que eu ficasse sentada na areia molhada, e foi se deitar quase junto à calçada, porque gosta que o sol a torre, ela diz. Logo que eu cheguei na beira do mar, consegui pegar um tatuí, antes que ele se escondesse na areia; como tinha a barriga toda cor de laranja, achei que devia ser uma tatuí, esperando bebê, mas ela não se mexia e estava meio mole; meu irmão já tinha entrado no mar e furava onda com a prancha, e mamãe passava creme nas pernas. Saí correndo, aos pulos, porque a areia estava pelando, pra mostrar à mamãe o que eu tinha encontrado:

— Joga fora esse bicho morto! — disse ela, tapando os olhos.

Saindo do mar pra pedir sorvete, meu irmão veio espiar também e virou a cabeça fazendo "argh". Joguei a tatuí no mar e ela ficou boiando sem saber pra onde ir. E eu voltei a sentar na areia molhada, com as pernas esticadas. Aí me deu vontade de fazer xixi, e eu fiz, mas ninguém viu. A onda desenrolava e vinha lamber meu pé, depois corria de volta. Numa das vezes em que ela fugiu, uma coisa colorida se mexeu na minha perna.

— Oi, princesa! — a coisa disse.

Quem falava comigo? Olhei de perto. Era uma sereinha. Por que será que tinha me chamado de princesa?

— Você é filha da sereia do mar? — perguntei.

— Sou — respondeu ela.

Será mesmo que ela era filha da sereia?... A sereinha continuou:

— Estou muito cansada...

— Você veio de barca?

Ela riu, dizendo que tinha vindo pelos mares, de redemoinho em redemoinho, remando com as mãos, mas que uma parte da viagem ela tinha feito de carona no cavalo-marinho, que estava querendo namorar com ela, mas ela não queria saber de ninguém do mar, não param do lado da gente!... — disse e espirrou.

Namorar? Com aquele tamanhinho?

— Foram tantos redemoinhos, que eu perdi meu instrumento... — continuou ela.

— Que instrumento? — perguntei.

— Uma lira.

Acho que ela percebeu que eu não tinha entendido. A sereinha então explicou que era um instrumento de corda em forma de U, e desenhou a letra com as mãos pingando no ar.

Eu não sabia mesmo qual era. Nem sabia o que era um instrumento...

— A não ser que a arraia tenha pegado — disse —, ela vivia me pedindo emprestado... Ai, meu cabelo deve estar todo embaraçado, parecia que eu nunca mais ia chegar... Como é difícil sair de dentro d'água! — A sereinha continuava. — Mas eu queria ver como eram as coisas aqui em cima: as luzes, o céu, os pássaros, os telhados e as flores, e tudo o mais. Já tinha ouvido falar de todas essas coisas pelos peixes que saltam do mar.

Ela era linda, tinha cabelos longos e estava maquiada, e com um colar de pérolas. Acho até que usava cílios postiços. Deve ter vindo direto de um baile de algas. Fui mostrá-la para mamãe, que, pondo a mão em cima dos olhos, disse que não estava enxergando. Nem ouvindo, porque a sereinha a cumprimentou e ela não respondeu.

— O que você está pensando, princesa? — perguntou a sereia.

— Nada — eu disse, e tentei abraçá-la, mas não consegui porque ela era muito pequenininha!

Depois ela se esqueceu de mim e ficou conversando com as conchas que desaparecem como o tatuí. Conhecia todo mundo do mar. Quando voltou a olhar pra mim, perguntei se ela queria ir para a minha casa. Antes de responder, ela voltou a espirrar, porque disse que estava fora d'água. Nesse momento, escutei o assobio de mamãe, com os dedos na boca, nos chamando, a mim e a meu irmão; ela já tinha se levantado e sacudido a toalha onde estivera deitada. Era sinal que estava na hora de ir embora; pedi que a sereinha me esperasse, porque eu ia buscar água pra ela.

— Vamos, rebentos! — disse mamãe, assim que me viu voltando com o balde. E aí aproveitou para pedir que eu jogasse um pouco de água no corpo dela.

— Anda, rebenta! — disse, me apressando.

Eu demorei porque tive que pegar a sereia no colo, senão ela ia junto com a água do banho. Meu irmão, com a prancha embaixo do braço, reclamava que ainda podia estar pegando onda.

No caminho de volta pra casa, a sereia contou que era filha do Comandante dos Sete Mares (Sete Mares?). Quase perguntei onde eles ficavam, mas ela podia achar que eu não sabia, então eu não disse nada. Quis perguntar a mamãe se ela conhecia o Comandante, e ela disse que estávamos atravessando a rua e era para eu prestar atenção, não era hora de conversa. Olhei então para a sereinha, só que ela não me viu, porque estava no fundo do balde. Devia estar dormindo, com febre, por causa do resfriado. Mamãe puxou minha mão dizendo que ainda estávamos em pleno perigo, e eu totalmente desligada. Tentei de novo conversar com ela, mas mamãe nunca acha que é hora de conversa, nem ela nem meu pai, e meu irmão não diz nada, dá um chute na bola e quebra uma vidraça e mamãe pergunta se foi de propósito, então ele ri e sai de perto. Aí ela liga pro meu pai do celular e diz que meu irmão voltou a quebrar um vidro, e depois desliga, porque acho que papai também não quer conversa.

A única na nossa casa que gosta de conversa é a Valdirene, que tem um nariz enorme, é magra, tem poucos dentes, que ficam lá no fundo da boca, perto da campainha. De dia eu não tenho medo dela, mas de noite eu tenho muito medo, porque a Valdirene parece uma bruxa que vai me pegar e me levar embora e eu nunca mais vou ver meu pai nem minha mãe, e vou passar a ser filha dela e ter de limpar o chão. Um dia eu até gritei quando ela apareceu na porta do meu quarto; ela também gritou. Foi horrível! Já falei com mamãe que eu tenho medo da Valdirene, mas ela disse que tivemos muita sorte com a empregada, que ela era uma santa criatura e que pelo amor de Deus eu não arranjasse problema pra ela.

Estávamos quase chegando em casa, e meu irmão corria na frente — mamãe deixava ele andar sozinho —, quando a sereinha disse que estava ficando tonta por causa do barulho, então eu mostrei a nossa casa, apontando o prédio. Mamãe mandou que eu abaixasse o braço, se não quisesse perdê-lo; as coisas na rua se passavam em fração de segundos. Não entendi o que ela falou. Ao entrarmos em casa, mamãe disse que o sol estivera causticante. Nem vi ele assim. E nem sei pra quem ela falou isso... Mas aí me lembrei da sereinha que ainda estava dentro do balde. Corri com ele para o quarto.

— Não vai molhar o chão, hein? — ouvi a voz de mamãe.

Assim que peguei a sereinha no colo e enrolei-a num lenço, ela disse que eu parecia com suas irmãs, que cuidavam dela. Então me lembrei que eu já tinha cansado de pedir uma irmã para a minha mãe, mas ela dizia que nunca mais teria filhos, porque era uma coisa inacreditável. Mas agora eu não precisava mais pedir uma irmã, porque a sereia era a irmãzinha que tinha vindo da barriga do mar. Pensei isso baixo pra ninguém rir de mim. Aqui em casa todos riem de mim. À toa.

Desse dia em diante, fomos juntas para todos os lugares, a pequena sereia e eu, mas por mais que eu a mostrasse ninguém a via, e não era só a minha mãe que não enxergava. Eu balançava a sereinha diante dos olhos dos outros, mas ninguém notava! Meu pai disse "que gracinha" quando eu a sacudi na frente dele, só que nem olhou pra ela. E era tão linda a pequena sereia, a filha do Comandante dos Sete Mares, cheia de irmãs, todas sereias, e que largara a família pra viver ao meu lado! Ela estranhava o barulho, porque no mar só havia silêncio e água. Muita água, tanta que enjoava. Conversávamos muito, a sereinha e eu. Um dia, batendo pestanas, ela contou que tinha quinze anos.

— Quinze anos?!

Achei que ela estava mentindo. Dizem que mentem muito no mar. Aí ela explicou que era pequena, mas já tinha feito quinze anos, e estava na hora do príncipe saber de sua existência.

— Que príncipe? — perguntei.

— Você não sabe quem é?

— Eu não.

— Claro que sabe! Por isso é que eu te chamo de princesa... Adivinhou?

Balancei a cabeça dizendo que não.

— Ah, princesa...

— É um príncipe submarino? — perguntei.

A sereinha riu. Perguntei por que ela estava rindo. Eu não sabia que quando sereia ri, balança a cauda. Ela então disse que eu era um pouco cega, como todo mundo, mas só um pouco.

— Diz logo quem é! — eu pedi.

— O Carlinhos.

Carlinhos!? Carlinhos era o meu irmão.

— Seu irmão é igual à estátua de um jovem príncipe por quem eu sempre fui apaixonada. E então ela contou que alguém lá no fundo do mar, um coral ou uma estrela, disse que ela só encontraria seu príncipe aos quinze anos, quando viesse para a superfície da Terra. E foi o que aconteceu! A pequena sereia saltitava de felicidade enquanto contava e, gesticulando, se desequilibrava. Será que se ela caísse machucava a cauda?

Quando terminou de falar, perguntei o que ela ia fazer. Eu sabia que meu irmão não ligava pra meninas — até batia nelas! Em mim ele dava cascudo todo dia — em sereia então... Ela não conhecia o Carlinhos. Escutei sua voz dizendo que ia esperar o momento certo.

— Qual? — perguntei.

— Quando estivermos sozinhos, os dois — disse, suspirando, e deslizou o olhar para longe.

Ela iria nadar com o Carlinhos até uma praia deserta e, quando a estrela da tarde subisse ao céu, ela contaria tudo a ele. E deu um sorriso, bateu pestana e fechou os olhos. Dormiu, depois de ter sonhado. Com o Carlinhos.

Dias depois, acordei e a pequena sereia estava com os olhos cheios de lágrimas, que não escorriam porque ela já havia contado que sereias não choram. Que elas têm de seguir cantando. É uma vida muito puxada, a do fundo do mar. Ela então contou que tinha ido conversar com meu irmão, mas que ele não acreditou na existência dela. Que ela tinha cantado, cantado, e nada! Não sabia mais o que fazer e estava pensando em se afogar, acabar no fundo do mar, coberta pelas anêmonas. (Devia ser areia, um montão de areia.) Que meu irmão podia se livrar do seu canto, mas não do seu silêncio! Aí as palavras voaram, porque eu não entendi nada. A sereinha era mesmo mais velha! Com a ponta dos dedos, comecei a fazer carinho no seu cabelo escorrido, que estava sempre úmido, dizendo que ela era a sereia mais bonita do mundo, que eu tinha certeza que ela ia encontrar outro príncipe, bem melhor que o Carlinhos, que só queria saber de jogar bola, e seria muito feliz com ele. E a sereinha dormiu.

Na semana seguinte, mamãe voltou a nos acordar para irmos à praia. Assim que chegamos, fui sentar na areia molhada, com a sereia no colo. E logo começamos a conversar. Eu dizia que o dia mais feliz da minha vida tinha sido aquele que eu a encontrara, naquele mesmo lugar onde estávamos, porque desde então eu nunca mais tinha ficado sozinha, e que eu ia comprar um mar só pra ela, ou então ia pedir ao pai dela um dos mares dele, que podia até ser o menorzinho... A pequena sereia estava quieta e pensativa.

— Está com saudades de casa? — perguntei.

Mas quando olhei para o meu colo só vi uma espuminha.

Os três porquinhos

— Eu sou o lobo mau! Eu sou o lobo mau!

— Você vai fazer teatro?

— O que você veio fazer aqui, garota?...

— É no colégio?

— É, agora sai do meu quarto.

— Posso ver?

— Não sei.

— Deixa...

— Só se você ficar muda.

— Por que você está fazendo careta no espelho?

— Já não disse pra você se mandar?... Hein? Ficou surda? Peraí, vem cá, Bia, tive uma ideia. Quer fazer teatro também? Hein? É a peça dos três porquinhos que você conhece... Me ajuda a decorar, vai. Pega aqui. Não amassa! A história se passa na floresta, sabia, não é? Porque os porquinhos estão buscando um lugar pra construírem a casa deles. Aí tem um papo lá entre eles que não vem ao caso. Vamos lá! O primeiro a falar é o porquinho mais novo, vai... O lobo está batendo na porta. Olha, estou batendo... Antes do porquinho abrir, presta atenção, ele treme de medo. Treme, Bia. Isso! Agora lê, vai, aqui nesta linha:

— "Vá emm-bora! Só a-bri-rei a p-oorta para o meu pai, o graann-de leão!"

— Ele está mentindo, viu, né? Aí o lobo diz, gritando:

— "Leão, é? Não sabia que leão era pai de porquinho... Abra já essa porta!"

— Aaaaiiii!

— Por que você gritou?

— Você gritou também.

— Vamos, Bia! O lobo assopra uma vez, duas vezes, e a casa de palha voa pelos ares. Pensa que é mole bufar o tempo todo?... Então o porquinho, desesperado, corre para a casa do irmão do meio. Ele fez a casa de madeira. Lembra, não é? O lobo corre atrás. Se liga, Bia, para de olhar pras paredes! Chegando lá, encontra o irmão sentado na varanda lixando as unhas da pata. Na marcação do diretor ele está sentado. Senta, Bia. O porquinho pequeno então grita. Grita, vai:

— Hein?

— Grita!

— "Cor-re, corre, enn-tra denn-tro de ca-sa, o lobo vem vinn-do!"

— O grito é desesperado, repete! Faz de conta que você está vendo uma barata!

— "Cor-re, corre, enn-tra denn-tro de ca-sa, o lobo vem vinn-do!"

— O telefone está tocando...

— Deixa, Bia...

— Deve ser o papai.

— Pra brigar com você se você atender. Continua. Esquece o grito; você não sabe gritar direito. Os dois porquinhos então entram direto em casa e o lobo chega logo atrás, batendo com força na porta. Eles tremem de medo, e um deles se mija. Sabe que um dia um cara mijou lá no palco? Só fazem besteira, igual a você. Tremendo de novo, Bia. Treme direito, anda. Assim.

— Me larga!

— Já larguei. Agora sou eu de novo, o lobo:

— "Porquinhos, deixem eu entrar só um pouquinho!"

— Você, vai:

— "Não, seu lobo, vá emm-bora e nos ddeei-xe em paz!"

— Então o lobo volta a soprar. Furioso, ele enche o peito de ar, sopra forte e a casa de madeira não aguenta e cai. E é pau pra todo lado. Enquanto isso, os porquinhos, aproveitando a falta de fôlego do lobo, correm pra casa de tijolo do irmão mais velho. Finge que está correndo, vai! Não sai do quarto, Bia!!! Mas é uma besta! Aí eles chegam afobados, pedindo ajuda. Arfando, anda... Sabe o que é arfar? Não sabe. Respira como quando você tem asma. Pronto, chega, tá bom. Se liga, que é você de novo. O porquinho mais velho diz:

— "Enntrrem, deii-xem esse lobo coo-migo!"

— Horrível. Repete.

— Tô cansada...

— Tá acabando. O porquinho mais velho de novo, vai. Não, espera, é o lobo que volta:

— "Porquinhos, me deixem entrar só um pouquinho!"

— Agora, sim, é a fala do porquinho mais velho:

— "Pode esspeeraaar seentado, seu lobo meentiroooso!"

— "Já que é assim, preparem-se para correr. A casa vai voar!"

— O lobo volta a encher os pulmões de ar e sopra mais forte ainda. Está rindo do quê? Fecha a boca. Vai, Bia, tô mandando. E ele sopra, sopra, e nada! Ele resolve se jogar contra a casa, tentando derrubá-la, mas não consegue. O lobo então vai pra toca dele descansar até o dia seguinte. Os porquinhos, que assistiram a tudo pela janela do andar de cima da casa, pulam de alegria quando percebem que o lobo está indo embora. Pula, vai... Abre os olhos, Bia!

— Acabou?

— É sua fala de novo, a do porquinho mais velho:

— Chega.

— Tá no fim. Vamos lá, o porquinho mais velho diz. Diz, vai:

— "Ccall-ma, não ccomme-morem ainda! Esse lobo é mmuito ess-perto, ele não vai dessi-sstir de apprender uma lição"

— Pronto, não quero mais, tô com sono.

— Então vamos pular essa parte, amanhã a gente ensaia, vamos direto pro final. Não dá pra você ser atriz, não dá mesmo. Sem chance! Falta tudo. No dia seguinte, o lobo se disfarça de vendedor de fruta pra entrar na casa de tijolos do porquinho mais velho. Mas de nada adianta ele se disfarçar, porque os porquinhos descobrem! O lobo então sai correndo e pega uma escada pra entrar pela chaminé da casa. E tome ação! É ação o tempo todo! O porquinho mais velho, rapidamente, joga mais lenha na lareira, aumentando o fogo. O lobo, chegando lá no alto, mais do que depressa veste a capa de superlobo e voa! É um voo espetacular! E a peça acaba com ele lá nas nuvens.

— Não é assim.

— O que não é assim?

— Não é. Ele cai e o fogo queima ele.

— Tá a fim de me encher o saco? Me arrependi de ter te chamado, viu? Nunca mais deixo você fazer teatro. Não sabe representar coisa nenhuma, não sabe nem ler direito. É uma besta quadrada...

— Eu sei, o lobo morre queimado.

— Mãe!!! Tira essa garota do meu quarto!

— O que está acontecendo aqui?

— A Bia não está deixando eu decorar, fica falando o tempo todo...

— Ah, Beatriz... não está vendo seu irmão ensaiando?... Vai pro seu quarto, vai.

A tartaruga e a lebre

— Ainda não dormiu?

— Queria tanto que a minha amiga dormisse aqui em casa...

— Outro dia ela volta.

— Conta uma história, mãe...

— Ai, meu Deus, tenho tanta coisa pra fazer... Espera, deixa eu pegar o livro...

— Não quero história de livro...

— O que você quer?

— História de tartaruga.

— História de tartaruga?...

— É. Conta.

— Deixa eu pensar. Tartaruga.... Tartaruga...

— Anda, mãe.

— Era uma vez uma tartaruga que se chamava Dinda.

— Não! A tartaruga se chamava Tartaruga.

— E ela não tinha nome?

— Tinha. Tartaruga.

— Está bem. Era uma vez uma tartaruga que se chamava Tartaruga e tinha uma amiga chamada Dinda.

— Para, mãe!

— Estou com fome, Elisa!

— Olha lá, seu pai está querendo jantar.

— Conta!

— A tartaruga gostava muito da amiga. Muito mesmo, era a melhor amiga dela.

— E aí?

— Aí ela e a amiga sempre conversavam. Tartarugas gostam muito de conversar; falam pelos cascos. Principalmente sobre lebres. É o assunto preferido delas, e aí se esbaldam de rir...

— O que é lebre?

— É um coelho que voa.

— Ele voa?

— Quase. Ah, meu Deus, esqueci o pastelão no forno... Já volto!

— Onde está a sua mãe?

— No forno.

— No forno?

— Ai, Oswaldo, quase que o pastelão queima... Deixa eu passar, estou contando uma história, já vamos jantar.

— Conta, mãe, conta!

— Onde a gente estava?

— O coelho...

— Lembrei! Ah, você quer ouvir a história da tartaruga e da lebre? Um dia a lebre desafiou a tartaruga pra uma corrida, crente que ia ganhar. Mas no meio do caminho a lebre sentiu sono, dormiu, e a tartaruga, pata atrás de pata, atrás de pata, chegou em primeiro lugar. Legal, né? Uma fábula!

— Mas ela não voou.

— Pois é. Mas vamos voltar à história das tartarugas. Sabe

que quase não dá para entender o que elas dizem? Porque tartarugas andam devagar e falam depressa; a boca se mexe o tempo todo. Precisa prestar muita atenção ao tartaruguês. E sabe sobre o que elas estavam conversando? Sobre o passeio que iam fazer no fim de semana. Esperavam que o tempo estivesse bom, porque, apesar do casco, elas se resfriam com facilidade; um ventinho, e elas já estão espirrando. Uma ventania então... É laringite na certa!

— Pra onde as tartarugas vão?

— Onde você acha que elas gostam de passear?

— No parque.

— Isso. As tartarugas vão fazer um piquenique no parque. Tartarugas adoram comer fora, porque assim não precisam ajudar a mãe a lavar a louça, guardar os brinquedos que estão espalhados no chão do quarto...

— Continua, mãe.

— Então elas estavam combinando o que iam levar dentro da cesta...

— Acho melhor eu ir comer fora, Elisa.

— Já vou, Oswaldo. Seu pai não me deixa em paz...

— O que as tartarugas vão levar no piquenique?

— Deixa eu pensar. Frutas, vegetais e... sardinhas! Coisas de tartaruga.

— E como elas vão levar a cesta?

— No casco. Metade do caminho uma delas carrega o cesto, depois é a vez da outra carregar.

— Elas não ficam cansadas?

— Ficam, um pouco.

— Assim, mãe, olha...

— Assim mesmo. Agora volta pra cama. Mamãe já viu que você sabe imitar tartaruga cansada.

— Dá pra vocês acabarem logo com isso?

— Está quase acabando, Oswaldo. Vai tomando sua cerveja, comprei meia dúzia de latinhas.

— Conta, mãe!

— Então chegou o dia do piquenique, elas acordaram cedo, comeram umas frutinhas, tomaram banho, porque tartaruga limpa é tartaruga feliz, e foram passear. Felizes, fazendo cócegas uma na outra, rindo, porque fazia um lindo dia de sol.

— Kikikikikikikikikikiki...

— Rindo, isso. Pareciam até tartarugas japonesas. Aí elas saíram de casa, mas demoraram pra passar pelo portão, porque tiveram que abri-lo. Muito tempo depois, conseguiram alcançar a rua, juntas, porque eram muito amigas, já contei, não se desgrudavam. Aí elas passaram por um quarteirão, depois por outro, em seguida chegaram ao terceiro quarteirão e quando se aproximaram do parque já estava tudo escuro. Isso porque ninguém imagina o que elas fizeram na hora de atravessar o sinal! Muita confusão. Total. Um alvoroço...

— Conta, mãe.

— Quando o sinal ficava verde, elas davam a partida, mas não estavam nem na metade do caminho e ele já tinha mudado para vermelho, então os carros freavam, outros subiam na calçada, as pessoas xingavam, mas elas continuavam andando, até alcançarem a calçada do outro lado. Você sabe como elas são cascudas! Então, quando finalmente pisaram no parque, pegaram a toalha, esticaram na grama e começaram a procurar dentro da cesta o que tinham levado para comer. Estavam com muita fome. E quando tartarugas têm fome elas ficam azuis.

— Azuis?

— Azuis de fome. Nunca ouviu?

— Não.

— Bem, mas aí elas continuaram procurando dentro da cesta, com dificuldade, porque não enxergavam nada, estava um breu, e elas só não se descabelavam porque não tinham cabelo, mas já estavam muito nervosas... Já viu tartaruga nervosa? Dá cada trombada...

— Aí elas pegaram a lanterna.

— Imagina se elas tinham se lembrado de levar lanterna! E agora como iriam voltar tudo de novo naquela escuridão? Era o que elas pensavam, então acharam melhor deixar para resolver no dia seguinte. Encolheram a cabeça e as patas, e logo começaram a roncar. Baixinho, porque ronco de tartaruga quase não se escuta. Garanto que você nunca ouviu. Ouviu?

— Não.

— É muito difícil alguém ouvir ronco de tartaruga...

— Anda, mãe, conta.

— Aí, assim que amanheceu, as duas foram espiar dentro da cesta e logo descobriram que tinham esquecido também o abridor! Como fariam pra comer a sardinha que estava na lata? Pensaram tudo outra vez. Tartarugas pensam o tempo todo, por isso são engruvinhadas daquele jeito. Chegaram então à conclusão de que uma delas ia ficar pra tomar conta da cesta, enquanto a outra voltaria pra buscar o abridor. E assim termina a história das tartarugas.

— Por quê?

— Porque elas tiveram que se separar, e ainda não tinham aprendido a se divertir quando ficavam sozinhas. Agora seu pai e eu vamos jantar, dá um beijo na mãe.

— Gosto mais da Cinderela. E do Chapeuzinho Vermelho! E da Branca de Neve!! E da Rapunzel!!!

Os sete anões

Os sete anões, alegres e alvoroçados, comemoravam a folga do dia de trabalho. *Borrachos*, todos. Falavam com muitos gestos, se atropelando, excitados com a presença de uma moça de pele branca, lábios rosados e cabelos negros, que encontraram adormecida numa clareira próxima de onde estavam. Como ela tinha ido parar ali? Será que alguém a alvejara? Nem na floresta se tem sossego? Onde andariam os caçadores? Ou teria vindo de alguma comemoração? E quem a acordaria?, os anões se perguntavam, com a língua enrolada, trôpegos, circundando a bela. Volta e meia, um deles ameaçava cair sobre ela. Zangado, ensaiando um risinho, apostou que seria ele a acordá-la. Aproximando-se devagar, fechou os olhos e beijou a tiara do cabelo dela. Depois dele veio Feliz, esbaforido, atropelando uns e outros, para se estatelar no chão em seguida. Chegara então a hora do Mestre, disse o próprio, peito estufado, quase perdendo o equilíbrio. Comigo ela acorda! Quem não se derrete diante de um Mestre?, gabava-se. E deixou a bochecha dela com lágrimas, dizendo que ela lhe lembrava a mãe. Atchim, quieto até então, logo ao se aproximar, espirrou no rosto dela. Alguém tem uma varinha mágica?, perguntava Dengoso, e ninguém o escutou. Soneca tinha acordado apenas para dizer que aquilo era feitiço. Que feitiço?, perguntaram os outros. Mas ele já roncava. Por último, veio Dunga, se arrastando, soltando puns, porque ainda era um bebê; e se abraçou a ela, aspirando seu perfume, sem querer largá-la. Mas a bela continuava profundamente adormecida. Desanimados e já sonolentos pelo efeito da bebida, os anões resolveram levá-la para casa. Lá construiriam uma bela caixa de vidro e a guardariam lá dentro, para que ela dormisse sossegada. Longe dos olhares de outros anões.

E lá foram eles ziguezagueando, espalhafatosos, pelo meio da rua, carregando a moça branca como neve.

— Eu vou, eu vou, pra casa agora eu vou... — cantavam desafinados.

Volta e meia, um deles perdia o equilíbrio e se esparramava no chão para logo em seguida se levantar desajeitado e correr atrás dos outros. Não faltaram percalços pelo caminho, mas, ofegantes e orgulhosos, conseguiram chegar diante da casinha no meio do bosque; no entanto, por mais esforço que fizessem, não conseguiram passar com a moça pela porta. Zanzavam de um lado para o outro e, finalmente, após várias ameaças de deixá-la cair, deitaram-na sob a grande árvore que ladeava a casa, combinando de se revezar durante a noite para que ela não ficasse sozinha. Temiam que ela acordasse tonta, confusa, se perguntando: Quem sou? De onde vim? Para onde vou? Perguntas que desnorteavam qualquer um. O infinito costuma causar muitos problemas, e com ela certamente não seria diferente. Pelo que haviam observado, a moça tinha uma bela cabeça, ornada com uma tiara, e então eles concluíram que se tratava de uma princesa fugida. Dessas que têm uma madrasta feroz que deseja extirpar seu coração. Devia ser profundamente infeliz. Dolorosamente solitária. Ninguém dorme tanto assim, a não ser que leve uma vida mortiça.

Durante a vigília, os anões fizeram o revezamento combinado. Mestre foi o primeiro a ser escalado para velar o sono dela, e Soneca o último, por jamais estar totalmente desperto, mesmo quando estava de olhos abertos.

Quando o dia amanheceu, alegres e animados, eles deram início à construção da grande caixa de vidro de Branca de Neve. (Assim a chamaram, rindo em seguida do apelido encontrado.) E uma semana depois ela brilhava diante dos olhos deles. Finda a tarefa, puseram a jovem no interior da caixa, fechando-a em seguida com um laço de fita. Dunga, aproveitando o momento, enfeitou as mãos dela com um ramo de flores. Antes de irem embora, se inclinaram sobre a caixa para contemplar Branca de Neve uma vez mais, e nesse instante foram surpreendidos pelo próprio reflexo:

— Vidro, vidro meu, existe alguém mais feio do que eu?... — perguntaram-se, cutucando-se às gargalhadas. Depois, saltitando, radiantes, foram comemorar.

Muitos brindes depois, eles já estavam planejando se casar com Branca de Neve. Discutiam sobre qual deles ela escolheria. Mestre achava que iria ganhar porque era o preferido da mãe. E, como ele havia notado, ela lembrava sua mãe. Que mãe?, perguntaram os outros em coro. Esqueceu que somos irmãos?, cutucou Zangado, dizendo ter certeza que Branca de Neve seria dele porque as moças preferem homens sérios para se casar; e se calou, mal-humorado. Já Feliz pensava ser o escolhido porque todas a mulheres do mundo sonham com uma felicidade exclusiva e ininterrupta. Ele iria caprichar. Já vai dar meia-noite?, queria saber Dengoso, mostrando-se preocupado. Por quê?, perguntaram os anões. E ele respondeu que queria ver a Cinderela.

Que Cinderela, rapaz! Está louco, anão!, exclamaram os outros. Dengoso, então, se encolheu, atrapalhado. Atchim nada disse, porque estava trancado no banheiro assoando o nariz. Soneca observou que, enfeitiçada como Branca de Neve estava, de nada adiantavam todos aqueles planos. E dormiu em seguida. Dunga aplaudia, rindo, se babando todo. Até então eles se divertiram muito, alegres e barulhentos, mas no final da noite estavam todos caídos uns sobre os outros, chorosos, achando que nenhum seria o escolhido. E ali ficaram, tristes e lamurientos. Pouco depois, não passavam de uma pilha de anões roncando amontoados.

No dia seguinte, ao acordarem, perceberam que tinham se esquecido de Branca de Neve. Como acontecera tal coisa?, se perguntavam e, entreolhando-se, lançaram-se uns sobre os outros distribuindo socos e pontapés, e saíram correndo, se atropelando e se insultando mutuamente. Quando lá chegaram, encontraram a caixa de vidro vazia. Onde estaria Branca de Neve? Alguém a teria roubado? Ou havia finalmente despertado e comido a suculenta maçã?... Nesse momento, ouviram uma voz suave, e lá estava Branca de Neve rodeada por pequenos animais da floresta! Até que enfim!, disseram em coro os anões, e correram ao seu encontro, já pensando na futura comemoração, quando subitamente ouviram um barulho de cascos. Um cavaleiro se aproximava. De onde ele vinha? E de quem se tratava? Não contavam com a chegada de um intruso. Seria o irmão de Branca de Neve ou um vizinho? Quem sabe um tio emprestado? Ou um subalterno do reino nevado? Então um jovem de penteado brilhante saltou do cavalo com seu traje de montaria e se aproximou a passos largos. Alguém mencionou tratar-se do príncipe. Príncipe? De onde saíra aquele príncipe? Por acaso havia algum sapo nas redondezas?, os anões se indagavam, aturdidos, para em seguida, em silêncio, observarem o forasteiro. Quando o jovem se aproximou de Branca de Neve, fez uma reverência diante dela. Desculpando-se pelo atraso, disse que lhe entregava seu coração e ofereceu-lhe o braço. Ela então, para espanto talvez de si própria, e de todos ao redor, e mesmo dos que se encontravam distantes, disse que estava cansada de homens grandes e que daquele dia em diante preferia os baixinhos. Foram exatamente essas as suas palavras. Então o príncipe, para a surpresa também dos presentes e, quem sabe, dos súditos de seu principado, desembainhando a espada e brandindo-a no ar, disse que preferia seu cavalo. E afastou-se com passos rápidos em direção ao animal. Enquanto isso, os anões se abraçavam aos pulos, para, em seguida, saírem correndo para comemorar.

O espelho

Não suporto mais essa mulher! Cansei de refletir quem não tem luz! Espelho também tem limite! Que exaustão passar a vida toda espelhando os outros! E essa pavorosa criatura todo dia fazendo a mesma pergunta! Imagina se não existe mulher mais bonita do que ela! Além de tudo, é de uma ruindade ambulante. Nasceu com uma cratera no peito. Vocês não imaginam quantos sofrimentos acontecem nesta casa. Temos aqui uma mocinha infeliz, que está sempre de quatro, cabisbaixa, executando serviços sujos, e a quem chamam de Borralheira. Para mim ela é e sempre será a mais bela: Cinderela! Que merece um príncipe, um homem com o qual todas sonham, e ela há de encontrá-lo!

Mas voltando à loucura desta casa, já sei quais serão meus próximos passos, não quero me adiantar porque se o trio — a pavorosa e as duas atrevidas — descobre, adeus! Mas hoje, quando a cascavel acordar, vai ouvir o que jamais pensou que escutaria um dia, os penduricalhos de suas pontudas orelhas hão de chacoalhar. O quê? Está pensando que sou um qualquer? Nasci no berço dos grandes pintores. Sou feito de luz! Um cristal legítimo, com moldura dourada, totalmente trabalhado. Chiquérrimo! O luxo do luxo! Diante de mim todos se enamoram, se apaixonam... Pronto, lá vem ela:

— Espelho, espelho meu, existe alguém mais bela do que eu?

— O que a santa acha?

— Que modo é esse de falar comigo, espelho?

— O meu, exclusivamente.

— Mas onde estamos?

— Na casa que a senhora acha que é um palácio. Respondendo à sua pergunta, devo dizer que não sou apenas plano como a senhora imagina. Não havia reparado porque sou discretíssimo, um clássico! E, cá entre nós, sendo espelho, qual poderia ter sido meu destino? Múltiplo, certo? Só lido com frescura...

— Como ousa falar comigo desse jeito?

— Que jeito?

— Desaforado.

— Olha que eu te distorço, hein!

— Vou chamar minhas filhas.

Pois chame quem quiser. Pena que não possa mais chamar os mordomos, que se foram todos, *uno a uno*. Nem sei como não me espatifei inteiro! Antigamente, esta casa era outra, como isto brilhava! Mas tudo agora é passado. Hoje temos aqui um ninho de víboras adultas. Oh, lá vêm as bruaquinhas tomar satisfação. Ridículas como sempre! Vejamos.

— O que você disse pra nossa mãe, espelho?

— Que sou mais complexo do que ela pensa.

Arregalaram os olhos, não deviam esperar pela resposta. Surpreendo sempre. Continuaram me olhando, inutilmente, pois os raios das bruxinhas não me partem. E mesmo que insistam na trajetória diabólica, não devolverei uma chama.

— Mamãe contou que você...

— Ninguém tem nada a ver com a minha vida espetacular!

— Sabemos que não temos nada a ver com a sua vida, mas o que não admitimos é que você insulte nossa mãe!

— Desde quando um cristal italiano pode insultar uma dama? Não há registro na história desse torpe acontecimento.

— Mas ela se sentiu insultada...

— Sim, mas aí, imaculadas, é problema dela. A única coisa que aconteceu foi, de repente, ela ter me visto de outro ângulo e, convenhamos, infinitamente melhor, com uma riqueza extraordinária!

— Ela disse que você ia distorcê-la...

— Impossível desfazer o que a natureza fez!

Nesse instante, as duas, com uma rabanada, me viraram as nádegas. Não vão se casar nem com sapo! Mas me preocupei, porque vingança de megera não tem limites, para me enclausurar no depósito não custava. De uma hora para outra as coisas desaparecem de dentro desta casa... E morrer empoeirado era a única coisa que eu queria evitar que acontecesse ao meu amado brilho! Além de desejar conversar com Cinderela e realizar uma mágica que aprendi na Toscana. Ajudá-la a libertar-se do jugo aprisionador! Ai, deusa minha, o que acontecerá ao luxo que é a minha vida?

Nos dias que se seguiram ao confronto, porque o que aconteceu jamais pode ser considerado uma conversa amigável, o trio resolveu ficar indiferente ao meu esplendor. Maravilha — férias das calamitosas!

Semanas depois, Cinderela, esfregão em punho, veio em minha direção. Mesmo em farrapos, era bela.

— Onde está sua luva, minha querida? — perguntei, fascinado.

Ela olhava em volta procurando a voz.

— Sou eu mesmo, o espelho, e veja como você é bela...

Ela estava imóvel diante de mim. Percebi que ainda duvidava que fosse eu realmente o dono da voz.

— Cinderela, escute, sou um espelho mágico, e peço que não conte a ninguém, senão a bruxa e suas ajudantes não me deixarão em paz. Lá vem ela, esconda-se atrás de mim, rápido! (Ainda bem que possuo uma bela altura!) Depressa, Cinderela!

— Melhorou o humor, espelho? Então me diga, existe alguém mais bela do que eu?

— Sim, existe!

— E quem é a infeliz!?

— Trata-se realmente de uma infeliz, um desastre a vida da pobre coitada, mas em breve ela será a moça mais feliz de todo o reino!

— E onde se encontra essa criatura saída dos seus confusos reflexos?

— Está achando que vou entregar assim...

A megera deu as costas e se afastou, sacudindo as saias.

— Apareça, Cinderela, depressa! E fique atenta para que a bruxa não venha a desconfiar de você. Todo cuidado é pouco, minha bela!

— Tchau, espelho, obrigada.

— Não me agradeça, e sim às deusas, por a terem feito tão bela!

Passaram-se dias de intensa agonia. Durante todo esse tempo a megera andou inteiramente descontrolada. Não saía mais da minha frente, me cansando terrivelmente com suas perguntas, me deixando todo embaçado, para que eu confessasse quem era a mais bela. Não emiti um raio, por diminuto que fosse. As megerinhas chegaram a dizer que eu a enganara, que tudo não passara de uma cintilação louca. Quando um espelho engana alguém? Digam, quando?

Finda a temporada de caça à bela, a megera desistiu do incessante questionário. Mas eu não me enganava, sabia que ela estava atenta ao menor sinal da presença de Cinderela. Fosse quem fosse a criaturinha, dizia. Felizmente, numa tarde, a maldosa e as maldosinhas saíram às compras. Foram atrás dos vestidos para o baile. Chegara enfim o grande dia! Cinderela e eu estávamos a sós! Súbito, ela surgiu diante de mim:

— Oh, minha bela! Não podemos perder tempo, o trio foi arejar a feiura! Vou te transformar na mais linda princesa. A eterna magia, querida! Você não ouviu falar no baile de hoje à noite? Pois nele você conquistará o coração daquele que fará de sua vida um eterno esplendor! Agora feche os olhos por alguns segundos, quando voltar a abri-los já terá se transformado na mais bela moça da face da terra! Pronto!, tal é a minha rapidez, veja, Cinderela! Oh!, que glória refletir uma estrela!

No júbilo do momento, o trio satânico surgiu das trevas ao lado de Cinderela, exigindo explicações para a presença da moça no palácio delas.

— Então era ela! — bradou a megera, totalmente enfurecida.

— Quem é essa moça, mamãe? Esse vestido... Quanto segredo... — diziam as bruxinhas.

— Corra, Cinderela! — gritei.

E as diabólicas, furiosas e horripilantes criaturas partiram para cima de mim — eu, um sujeito tão polido! — gritando que até então haviam tolerado a minha presença, mas que eu não fazia parte da vida delas, que eu era o espelho de outra história, o que elas tinham a ver com Branca de Neve? Por acaso somos anãs?, vociferava a bruxa-mor. E me reduziram a cacos.

Com que brutalidade se viram pela última vez! Quanto diamante espalhado pelo chão... Tanto brilho derramado dentro do meu coração...

Sherazade

— Que correria é essa? Vai sair a esta hora?...

— Vou encontrar meu namorado.

— Quem é, desta vez?

— Desta vez não, que eu não namoro há um tempão! Um árabe.

— Árabe?

— É.

— Onde você encontrou esse rapaz?

— Num restaurante árabe, onde você queria que fosse? Viu onde foi parar meu vestido vermelho, mãe?

— Para de correr de um lado pro outro!

— Não posso! Ele está me esperando há séculos!

— Faz as coisas devagar.

— Cadê o vestido? Me ajuda a achar...

— Não sei de que vestido você está falando.

— Será que minha irmã saiu com ele? Já disse mil e uma vezes que não quero que ela pegue as minhas coisas! Viu onde ele está, hein, mãe?

— Não lembro de ter visto. É novo?

— Acabei de comprar!

— Não, não vi.

— Aquela garota deve ter saído com ele... Saco!

— Não estou entendendo por que a pressa...

— Tenho que correr senão eu morro!

— Tem certeza que não deixou pra passar?

— Que passar...

— E como é o rapaz? Diz.

— É tão legal, mãe... sofreu tanto... barra-pesada, você nem imagina...

— O que aconteceu?

— Pegou a mulher com outro. Espera, deixa eu procurar desse lado... mas essa menina é um inferno!

— Então ele já foi casado.

— Com o irmão dele aconteceu a mesma coisa. É mole?

— ...

— Quero saber onde foi parar o meu vestido, caceta!

— Ele já ouviu você falando assim?

— Qual é, mãe? Será que a minha irmã emprestou ele pra alguém? É a cara dela fazer isso.

— Calma, não se acha nada com pressa... E o rapaz, quantos anos tem?

— Vinte e oito. Sofreu pra caramba, coitado. Dá pra entender, né? Também, desde esse lance ele ficou com ódio das mulheres, e aí mandou ver, andou detonando umas e outras, até me encontrar, claro! Não veio logo de pegação, porque árabe é árabe. Leva tudo numa boa.

— Você acha?

— Será que ele está na parte de baixo do armário? Ela deve ter socado ele lá...

— E aí?

— Aí, quando a gente se conheceu eu vi que ele estava ferrado. Ferradão mesmo. Saquei que deve ter sido horrível o que ele tinha passado. Ficou com a maior bronca da mulher, claro! Tem certeza que não viu sua filhinha sair com um minivestido vermelho, com as costas de fora?

— Não vejo sua irmã há dias. Nem sei o que está pra acontecer. Quem sabe outro árabe? Mas e aí? Fala.

— Ele diz coisas tão maneiras pra mim, mãe... O pessoal lá na casa dele também é super gente fina.

— Você já conheceu a família?...

— Claro! Bom, mas aí, pra ele esquecer todo aquele baixo-astral que tinha acontecido na vida dele, eu comecei a contar um monte de coisa, tudo inventado, claro, que eu não tenho saco pra decorar. Nossa, estou atrasada pra caramba! Mas onde foi parar o meu vestido?

— E inventar é com você mesmo.

— Ah, deixa eu ver se está aqui nesta gaveta... Achei! Achei! Não disse que estava no armário dessa garota? Me ajuda, mãe, rápido, vai. Não posso perder esse lance de jeito nenhum... Outro dia ele me chamou de princesa, ouviu? Ele mora numa casa enorme, de dois andares, com uma escadaria de mármore, cheia de lustre, precisa ver, é o maior barato! Contou que herdou da família. Cheio da grana... Puxa o zíper do vestido pra mim. Cuidado pra não me beliscar.

— O rapaz é rico.

— Riquíssimo! Milionário! Tri...!

— Menos.

— Verdade! Precisa ver os carros que tem na garagem...

— Qual o nome dele?

— Chariar.

— Chariar?

— É.

— Estranho.

— Pô, estou te contando a coisa mais legal do mundo...

— Está bem, continua.

— Sabe quantos empregados tem na casa dele? Quatro, sem contar com o motorista e o jardineiro. Assim que ele chama um deles, o cara vem — parece até mágica! — e diz sim senhor. Ah, sabe o que ele disse outro dia? Que vamos viajar e ele vai me levar pra andar de camelo. Show, né? Se bem que deve ser um saco... Mas com ele tudo bem. Bom, agora não sei onde estão as sandálias... Ainda bem que minha irmã não calça o mesmo número que eu.

— Não sei onde você vai parar...

— Não tá acreditando, né? Também não vou contar mais nada!

— O que o seu namorado acha do seu jeito de falar?

— É superamarradão em mim. Me adora! Me acha um barato! Bem, agora tenho que sair lascada. Um dia eu vou falar igual a ele, você vai ver, ele vai me ensinar. Tem um saco de ouro. Lá isso ele tem! Levanta os pés, mãe, deixa eu espiar embaixo da cama pra ver se as sandálias estão aí...

— E aí você vai falar direito.

— Vou! Tá pensando que ele fala como esses caras aí fora? Tem dia que na frente dos empregados ele me chama de senhorita. Senhorita é demais, né? Precisa ver a cara que os criados fazem... Lá eles chamam os empregados de criados. Hilário, né? Me divirto pra caramba! E quando ficamos sozinhos ele diz que eu sou uma deusa. Corajosa, inteligente, divertida, além da minha beleza extraordinária, claro! Achei as sandálias!, estão aí embaixo, espera, vou pegar a vassoura...

— Vai se sujar.

— Pronto, voltei. Levanta os pés, mãe. Deve ter sido minha irmãzinha que empurrou elas pra lá, com o jeitinho que ela tem de sumir com as coisas...

— Sabe o que eu acho? Que você inventou essa história. Arranjou um namorado e aí...

— Não inventei nada! Não acredita na sua filha, é? Qualquer dia eu vou te levar lá pra você ver! Que mania você tem de dizer que eu invento as coisas! Só mais uma coisinha. Sabe o que ele disse quando me conheceu? Hein? Tá a fim de saber? Que finalmente tinha encontrado a felicidade. Que eu tinha sido um presente na vida dele. Maneiro, né? Fiquei tão nervosa que disse "gracias". Pronto, agora só falta pôr perfume. Sem me encharcar, porque ele tem alegria. Alergia. Ha ha ha!

— Há quanto tempo vocês se conhecem?

— Agora não dá mais pra eu ficar, mãe, tenho que sair correndo. Depois eu continuo...

O conto "Mamãe fantasma" foi inspirado na peça *Pluft, o fantasminha*, e é dedicado à memória de Maria Clara Machado.

1ª EDIÇÃO [2009]
2ª EDIÇÃO [2024]

ESTA OBRA FOI COMPOSTA POR 2 ESTÚDIO GRÁFICO EM ELECTRA E IMPRESSA EM PROCESSO SOB DEMANDA PELA UM LIVRO SOBRE PAPEL OFFWHITE PARA A EDITORA SCHWARCZ A PARTIR DE 2025

FSC
www.fsc.org
MISTO
Apoiando o manejo florestal responsável
FSC® C128038

A marca FSC® é a garantia de que a madeira utilizada na fabricação do papel deste livro provém de florestas de origem controlada e que foram gerenciadas de maneira ambientalmente correta, socialmente justa e economicamente viável.